十三月的旅行

斑斑 著

山西出版传媒集团

北岳文艺出版社
BEIYUE LITERATURE & ART PUBLISHING HOUSE

图书在版编目（CIP）数据

十三月的旅行 / 斑斑著. — 太原：北岳文艺出版社，2017.4
ISBN 978-7-5378-4999-9

Ⅰ.①十… Ⅱ.①斑… Ⅲ.①长篇小说 –中国 –当代 Ⅳ.①I247.5

中国版本图书馆 CIP 数据核字（2016）第 324997 号

书名：十三月的旅行　　　　　　策　　划：商爱欣　　　　　责任编辑：高海霞

　　　　　　　　　　　　　　　封面设计：琦　琦

著者：斑　斑　　　　　　　　　内文设计：宗彦辉　　　　　印装监制：巩　瑶

出版发行：山西出版传媒集团·北岳文艺出版社
地址：山西省太原市并州南路 57 号　邮编：030012
电话：0351 – 5628696（发行部）　0351 – 5628688（总编室）
0351 – 5628692（编辑室）　传真：0351 – 5628680
网址：http://www.bywy.com　E – mail：bywycbs@163.com
经销商：新华书店
印刷装订：三河市天润建兴印务有限公司

开本：660 毫米 ×960 毫米　1/16
字数：174 千字　印张：16.25
版次：2017 年 4 月第 1 版
印次：2017 年 4 月河北第 1 次印刷
书号：ISBN 978-7-5378-4999-9
定价：39.80 元

目　录

第一章

"年龄和名字?"跟随着推床一并向前走的医生用镇定的口气询问。

躺在推床上的男生一脸痛苦地回答:"虞寥,16 岁。"

"哪两个字?"医生从白大褂的口袋中拿出笔,低下头打算记录。

"可恶!"男生有些恼怒,"给我先治病,都快疼死了!"

医生微微抬头瞥了一眼男生,重复道:"哪两个字?"

"虞美人的虞,寂寥的寥。"男生怒瞪了医生一眼,没好气地回答。

为什么会来到这个莫名其妙的地方?偏僻的小镇、陌生的同学,生活的列车像是一不小心走错了岔道,驶向了一条未知之路。

虞寥忍着从腿部传来的剧痛，打量着医院。过道的墙壁泛着灰色，经过诊室时可以看到诊室的门把手已经锈迹斑斑。自己竟然身处这样的老旧医院，实在有些不可思议。更加不可思议的是，自己竟然在转学的第一天被毒蛇咬了！

"好了，已经给你注射了抗蛇毒血清，留院观察一晚若是没事就可以了。还有，你母亲已经在赶来的路上，一会儿就到。"医生在病床前说完后转身离开了病房。

虞寥闭上眼睛，空气中有初春青草的香气。

"从今天开始，虞寥将成为我们班级的一分子。单月是我们班的班长，你暂时和她同桌，有疑问的地方可以问她。"班主任蒋老师话语落下后，一个长发的女生从座位上站起，对着虞寥微微笑了一下。

虞寥在她身边坐下，用眼角的余光偷偷打量着身边那个叫作单月的女生。女生脸上有一种淡淡的恬静，阳光从窗户射入，落在她的侧脸上，把脸庞塑造得立体感十足。上身的校服样式老土，然而下身一条极简风格的牛仔裤则完全扭转了整个人的形象。

窗外有鸟的鸣啭。

有什么东西在身体的深处扎下了根。

"似乎这个风鸣镇也没有预想的无聊嘛。"虞寥暗自想道。

然而这样的心情没能持续多久，下课后便是午休。虞寥按照班主任的吩咐去教务处领自己的课本，一边走一边回想着单月的容貌。路还没走到一半，一条刚刚结束冬眠饥不择食的毒蛇从草丛中蹿出来，在他的小腿处狠咬了一口。接下来的事情变得异常混乱，学生团团将他围住，所有人都叽叽喳喳议论不休。赶来的老师用布条在伤口的上方打了一个很紧的结，一个穿西装的男子驾车把他送往医院。

睁开眼睛，病房中寂静无声，点滴以一种从容不迫的速度被缓缓推入体内，小腿处依旧传来阵阵痛楚，不过比之前已经好了许多。

脚步声渐渐接近，到达病房门口后戛然而止。虞寥心想应该是赶来的母亲，然而病房门被推开后，站在门外的却是单月。

单月走入病房，把身后的书包放在门内侧的一张椅子上，随后走到虞寥床边："感觉好些了吗?"

小腿的痛楚顿时消失得一干二净。

虞寥看着单月明亮的如同秋水一般的眼睛，心中有什么东西开始荡漾："好多了，医生说只需要在这里待一晚。"

"那就好。"单月莞尔一笑。

"是班主任叫你来探望的?"

"蒋老师?"单月微微侧了下脑袋，"对呀，谁叫我是班长呢。好啦，班长的探望到此结束，我先走了哦。早点回来上课，刚转学就请病假，也真有你的。"

虞寥苦着脸说："喂喂，你当我想被蛇咬?"

"对了，这是我家的电话号码，若是有事的话就打电话给我。"说着，单月从口袋中掏出一张对折了三次的纸条，递给虞寥。

单月走后，虞寥打开纸条，一串娟秀的数字映入眼帘。无所事事，于是他重复地默念着号码，确保自己百分之百记住它们。

病房门又一次被打开，虞寥母亲急切的脸出现在了后面。

"怎么样？怎么样？"母亲快步走到窗前，用手摸着虞寥的额头。

虞寥用没打点滴的左手把母亲的手从额头上挪开："没有发烧。"

"怎么会被蛇咬了呢？"母亲见到虞寥并无大碍，舒了一口气。

怎么会被蛇咬了呢？虞寥也百思不得其解。蛇这种动物从前只有在餐厅和动物园的爬行馆中才看到过。"大概这就是风鸣镇的特色吧。"

母亲像是反应过来似的拍了下自己的脑门，自言自语道："对哦，已经在风鸣镇了……"

母子二人没能聊上多久，就传来敲门声。母亲走到病房门前把门打开，站在门外的是班主任蒋老师。母亲走出病房，把门虚掩，站在走廊上和蒋老师聊天。

蒋老师？蒋老师不是已经叫单月前来探望过了吗？为什么自己还要亲自再来一趟呢？难道单月并不是因为蒋老师的吩咐而来的？莫非她是自发地关心我？

"喂喂，这才是转学的第一天，别胡思乱想了。说不定单月只是出于身份的考虑，是对转学新生的任务性探望。"

虞寥把视线转向窗外，已经是太阳落山的时间了，空气中弥漫着夕阳的余晖。他察觉到自己对那个名叫单月的班长产生了微微的好感。

这样东想西想的时间里，母亲和蒋老师一同走进了病房。蒋老师简单地问候了几句，从语气中可以察觉出他并不是很热情的人。

次日的中午母亲办理了出院手续，并在家中给虞寥做了可口的饭菜。

已经好些日子没吃到如此丰盛的饭菜了，虞寥望着满桌子的菜，不停地咽着口水。

"妈妈，我已经没事了，你回去吧。"虞寥等母亲在椅子上坐下后开口道。

母亲温柔地摇了摇头："没关系，公司的事情可以等。"

虞寥则固执地摇了摇头："已经完全没事了，吃完饭妈妈就回去吧。说好了的，我可以应付一个人的生活。"

"真的没问题?"母亲露出不相信的神情。

虞寥挺了挺胸，微微上扬嘴角："Trust me."

吃罢午饭，时针已经指到了三点，窗外开始飘起绵绵春雨。母亲走到床边摸了摸虞寥的右侧脸颊："那妈妈走了，记得给我电话。"

虞寥眨了眨眼睛。

家门砰的一声被关上了，不久传来汽车发动的声音。虞寥脸上的微笑顿时消失得无影无踪，他从卧室的窗口望着窗外已经长出嫩叶的悬铃木，心中溢出一股苦苦的滋味。春日的下午静静流淌，虞寥躺在床上听着淅淅沥沥的雨声。

五点多的时候传来门铃的声音，虞寥下床从猫眼中向外张望。一个从未见过的女生站在门外。

"嗨，虞寥。"打开门后女生主动打招呼道。

"你是?"

女生用一种活泼的口气自我介绍："我叫林璎，是你的同班同学啦。"

虞寥有些搞不清楚状况，不过总不能两人就在门口这样站着吧，于是他把林璎请入屋内。林璎走进屋后开始四处打量，一边还发出赞叹声。虞寥则打量着她，运动衫加上运动裤，左手手腕带着樱色的手环，绑在脑后的马尾辫上有一缕头发挑染成了暗红色。一张精致的脸上架着一副黑框的眼镜，整个人给人一种活力无限的感觉。

"茶还是咖啡?"虞寥问。

林璎站在原地嗫嚅了会儿："咖啡好了。"

冲好咖啡，两人在客厅的饭桌前坐下。

窗外的雨似乎停了，天空渐渐被暮色侵蚀。

林璎一边喝咖啡一边毫不掩饰地打量虞寥，少顷后开口说:

"你这家伙还算讨人喜欢。"

虞寥听了这样的评论有种被噎到的感觉，一时不知怎么接上话茬。

林璎似乎对这样的反应十分满意，眼神中露出一丝狡黠："害羞什么，实话实说罢了。原本是蒋老师安排单月来看你的，大概是为了让你这个新来风鸣镇的倒霉蛋感受到所谓的班级温暖吧。"说到这里，她自顾自地咯咯笑了起来。

看样子昨日单月来病房探望真是蒋老师的意思。明确了这点，虞寥在心底暗暗嘲笑了自己一番。

"那怎么换成你来了呢?"

"我住得离你家比较近嘛，再加上这样的下雨天放学后实在无处可去。"

虞寥点了点头："病已经差不多好了，明天我就去学校。"

林璎脸上露出不解的神情："你莫不是个笨蛋?"

"啊?"

"有机会翘课还不好好把握，莫非你是传说中的那种书呆子?"

"怎么可能!"虞寥忙否认。

林璎喝了一口咖啡："我不相信，那你告诉我，你有女朋友吗?"

虞寥摇摇头，脑海中浮现出了单月的面容。

"你看吧，果然是书呆子一个。"

"喂喂。"虞寥不满地用手指敲了敲桌面。

"好啦，好啦，不逗你玩了，若是有女友的话，也不会转到风鸣镇来了。"林璎觉得对于一个病人来说，玩笑开到这个程度火候刚好。

"对了，有件事不得不告诉你，我有点讨厌你。"

"为什么?"虞寥不解。

"我和单月可是最最要好的朋友，我们从初中开始就是同桌了。"

虞寥恍然大悟："哈哈! 原来如此! 我回学校就和蒋老师去说，把你换回来。"

"算了，算了，"林璎摇了摇手，"不过你不准欺负单月，明白没有? 要是让我知道你欺负她，我能把你的狗腿打断!"

虞寥用无奈的眼神望了望自己的腿，昨天刚被毒蛇咬过，今天又被叫作狗腿："喂，我干吗欺负她。对了，单月是怎样一个人?"

此话一出口，身体中陡然蹿出一股热流，从丹田直上脑门。

"哦? 你对单月有兴趣? 难道昨天她特地去了趟医院你就喜欢上了她?"林璎歪着脑袋，脸上一副饶有兴致的表情。

特地去了趟医院? 那也就是说是她自发来看我的喽?

虞寥喝了一口咖啡，解释说："不不，只是了解下罢了，怕到时候无心欺负到她。我多少得考虑下自己的腿。"说到"欺负"两字时，他特意加重了口气。

林璎脸上依旧布满了怀疑，但还是开口道："单月是一个十分善良的人，总是把别人放在第一位。不过她很少向人敞开心扉，原因嘛，你不必知道。明白？"

"大概明白。"虞寥模棱两可地回答。

喝罢咖啡，林璎从位置上站起，开始在屋里东张西望起来："你不会一个人住吧？"

虞寥把喝空了的咖啡杯拿到厨房："妈妈偶尔会回来。"

"那一切都自己打理喽？"

"是。"

"厉害，厉害！"虽说林璎出声夸奖，但语气中更多的是羡慕。

时钟指向了六点，光线已经被暮色打得节节败退，虞寥打开了客厅的吊灯。

"想吃晚饭吗？"虞寥问道。

"你做？"林璎转身看着他。

虞寥有点不好意思地点了点头。

"不行，不行，我不是特意来蹭吃蹭喝的。六点多了，我也该回家了。"说着，她走到门口开始穿鞋。走到门外后一个急转身，盯着虞寥的眼睛，沉默了大概五秒后说："不准喜欢上单月，听见没有，不然……"

"打断我的腿？"

"不，是狗腿！"

因为被毒蛇咬过的小腿还没有完全恢复，体育课的时候虞寥只好站在一旁看着班上的男生打篮球。露天的篮球场因为前一日的小雨而湿漉漉的，汗水的气味沁入泥土之中，被小草贪婪地吸收着。

看了一会儿后虞寥离开篮球场，随意沿着操场闲逛。

操场不大，相比虞寥曾经就读的高中，连一半都不到。走到器材室边上时，听到了里面传来一个似曾耳闻的声音。他侧身贴在墙上，微微把头探向玻璃窗。

器材室中站着一男一女，男的叫不出名字，不过是同一班上的，女的是林璎。

"你得让我说多少次才死心？"林璎的声音中透着一股不耐烦。

没有回答，沉默如织。

大约十五秒后，林璎转身走向器材室的门口。

"等等，"男生出声道，"告诉我原因。"

林璎停下了脚步，转过身："喜欢需要原因吗？"

"不需要。"男生回答。

"那不喜欢也不需要原因吧。"

沉默，又是百分之百的沉默。

林璎叹了口气，重新转身向门口走去。

"等等，"男生又出声，"可我喜欢你。"

"知道了，关于这一点你已经跟我说过不下二十遍了，"林璎再次停下脚步，不过没有转身，"为什么我已经知道的事情你要一而再再而三地重复呢？"

"但是……"

林璎打断男生："这样吧，给你一个理由。你连篮球都不会打，叫我如何喜欢上你。"

"过分，"男生微微抬高了声音，"你明知道我天生没有什么运动细胞。"

"OK，理由二，我不喜欢没有运动细胞的男生。"

"可是……"

"哪来这么多可是，谈话结束。"说着，林璎打开器材室的门。

虞寥忙把身子躲到墙的另一面，失落的脚步声渐渐由近及远消失了，看样子是那个男生走了。

风轻轻拂过，仿佛是特意为了抚慰那个男生。

"出来！虞寥！"一个声音如惊雷般响起，把虞寥吓了一跳。

虞寥知道自己已被发现，只好乖乖走了出来。刚走到器材室门口的时候，一个排球从门内飞出，笔直地朝他脸上打来，还好他反应及时，一把将排球挡下。

"喂，你这是谋杀！"虞寥一面捡起排球，一面摆出一张不悦的脸。

"下次还偷不偷听？"林璎从器材室走出，手上拿着一根标枪。

"别，别，"虞寥忙摆手，脸上的不悦瞬间转为讨饶，"我也不是有意的，刚好路过来着。"

林璎笑了一下，仿佛一朵毒罂粟："听到的内容若敢和别人提起，小心……"

"打断我的腿。"虞寥无奈地接上下半句。

林璎皱了下眉头，抬起了标枪，一步步朝他走去："我没听清楚，再说一遍。"

虞寥在心底暗骂了一声："得，打断我的狗腿，行了吧。"

林璎得逞，邪恶地笑了起来。

真是个可恶的家伙！虞寥走进器材室，把排球放到球架上后，说道："对了，刚才向你表白的那个男生叫什么来着？"

"叶茗。"

"好名字嘛。"

"确实。"她想了想后说。

"真的说了不下二十遍？"

林璎把标枪放好，用手指有节奏地点着下巴："应该不下二十遍了，烦都能把人烦死。"

"看样子对你一往情深嘛，这样的人也不容易碰到哦。"

"既然你喜欢就介绍给你好了。"她再次露出邪恶的笑容。

虞寥翻了个白眼："你就因为他不擅长体育而把他拒之千里？"

"怎么？理由不够充分吗？"

"你这样可是相当伤他的心呀!"

"没想到你还愿意打抱不平嘛!"

林璎走到虞寥面前,把脸凑到离他仅十厘米的地方,压低声音一本正经地问:"难道他希望我虚情假意地答应吗?你这家伙根本就不明白什么是真正的喜欢。"

虞寥闻到了她身上有淡淡的香水味道。

放学的时候天又开始飘雨,虞寥撑开伞走出校门。雨丝落在伞面上,发出类似蚕宝宝啃食桑叶的声音。随着暮色渐渐四合,街上起了雾。人们走在氤氲的雾中,仿佛是在走向另一个未知的国度。时间在雾气中缓缓流淌,不动声色地雕刻着每一个人的生命。

"虞寥,等等。"身后传来一个男生的叫声。

虞寥转过头去,一个人从远处小跑而来。待跑到三米左右时,他认出了来者,是叶茗。他跑到面前后把雨伞丢在地上,双手撑着膝盖呼哧呼哧地喘气。

虞寥仔细打量着叶茗。他身体瘦削,一种能让人感觉到怜悯的瘦削。看样子他确实不擅长运动。不过抛开这点的话,他倒也算得上俊朗。虽说看起来书生气过足了些,但双眉之间能让人感觉到一股暗暗的执着。

叶茗特地跟我打招呼,还气喘吁吁地跑来,想必他是听见了自己和林璎的谈话,虞寥暗自揣测。

"你好,我叫叶茗。"他还没完全平复呼吸就自我介绍道,说完后还向虞寥伸出了手。

虞寥伸出手在他的掌心中拍了一下，随后从地上捡起雨伞塞到他手里："找我有事？"

"你听到了我和林璎的谈话。"他撑起雨伞，和虞寥一同慢步向前。

"你也听到了我和林璎的谈话。"虞寥说着转过头看着他。

两人一同笑了起来。

"不知怎么办才好。"叶茗把雨伞从头顶拿开，抬头望着已经漆黑的天空。

"抱歉，我也没有良策。"

"不知怎么办才好。"他叹了口气，把雨伞重新挪回到头顶。

虞寥耸了耸肩膀："我们都没有魔法师的水晶球，所以估计你只能顺其自然了！"

"你为什么转到风鸣镇来？"他又叹了口气，然后转换了话题。

"母亲工作的原因，再加上不想待在大的城市，所以选了这里。"

"有都市恐惧症？"

虞寥转头望着叶茗："有这么一种病？"

"编的。不过可能有也说不定。"

一滴水从行道树的叶面滑落，恰好落在虞寥的鼻尖上，一股凉意从皮肤蔓延开来："什么症状？看到高楼大厦就头晕目眩？

看见排成长队的车流就起鸡皮疙瘩？对十二点还闪烁不停地霓虹灯恨之入骨？巴不得从头顶掠过的飞机都发生空难？"

"说不定想把所有大型购物中心的电闸都拉了，或者整天琢磨怎么放火烧了所有的酒吧，"叶茗接着说道，"我是一年前来的这里。"

"因为都市恐惧症？"

"怎么可能！"叶茗笑着说，"身体的原因，医生建议在成年之前最好在空气较好的地方生活。"

两人走到一个十字路口后分道扬镳，虞寥找了一家拉面店吃了晚饭，然后踏着雨中的夜色回到家中。

一盏路灯亮在窗外的初春夜晚中。孤独开始慢慢充斥了空气。虞寥在屋中来回踱步，打量这个属于他自己的家。沙发、茶几、酒柜、写字台……家具无一不是崭新的。但家中的一切都不熟悉，他甚至连电视机的遥控器放在哪里都不知道。

八点钟时他钻进浴室开始洗澡。水流的温度恰到好处，但虞寥却抑制不住地发起抖来，身体中有东西不受控制地颤动着。他一动不动地站在水流中，紧抱着双臂。

洗完澡后，他走进厨房从冰箱中拿出冰块放入玻璃杯中，然后回到客厅从酒柜中拿出一瓶 Jim Beam（美式玉米威士忌），往玻璃杯中倒入了五厘米。

虽然还没有成年，但虞寥已经习惯了在独处的夜晚给自己来上一杯威士忌。这是父亲的习惯。如今，这也成了他的习惯。

虞寥晃动着玻璃杯，冰块发出悦耳的碰撞声。他闭上眼睛咂了一口，心想这算不算得上是子承父业。

夜色迷离。

虞寥趴在窗口向外望去，凤鸣镇的夜晚异常安静。

不知名的鸟儿发出一声鸣叫，还可以听到扑棱扑棱振翅的声音。

新学校的生活转眼一周过去。

虞寥和叶茗成了不错的朋友。林璎对此毫不在意，只是说虞寥若想撮合她和叶茗的话，小心狗腿不保。

唯独面对单月，虞寥往往会陷入不知所措的境地。

早晨来到教室，虞寥在单月边上坐下，开始从书包中向外掏书。

"早餐吃了什么呀？"单月转过头笑盈盈地问道。

"咖啡。"虞寥如同卡壳的机器一般停下了掏书的动作，用生硬的声音回答。

"就咖啡？"

"咖啡。"他用和先前如出一辙的口气重复道。

对话就此结束，单月笑了笑，把注意力放回到自己的书本前，虞寥恢复掏书的动作。为什么自己不接上话题问问她吃了什么呢？

课间单月伸懒腰的时候不小心用手划到了虞寥的脑袋。

"啊，抱歉抱歉，不小心打到你了。"单月忙转过头一脸歉意地说。

正在闷头看杂志的虞寥顿时脑子一片空白，眼神失去了焦点，整个人仿佛石化了一般。

"抱歉……"单月见他不回答，继续道歉。

"哦。"好半天，虞寥总算憋出了一个字。

对话再次结束，单月带着小心翼翼地神情往外侧挪了挪凳子，虞寥则开始机械地翻着杂志。"哦"，这算哪门子回答？她可是带着满满的歉意来道歉的。再说不过是被轻轻划到脑袋罢了。

每一次类似的对话结束后虞寥都可以后悔上两个小时。这样的模式仿佛是被设定好了的电脑程序，只要一和单月进行对话，整个脑部系统就陷入瘫痪状态，待到脑部系统重新启动后，又自动接入两小时的后悔程序。

恶性循环。

这样的对话模式持续一周之后，发生的频率开始下降。原因是单月不再频频主动跟虞寥搭话了。

一个风和日丽的午间，虞寥和叶茗在食堂吃完午饭后在操场上闲逛。叶茗正一脸苦相地诉说着这周和林璎表白时遭受的悲惨经历。

在这次表白中林璎拒绝他的理由又增添了两条，一是因为他的身高没有达到一米八，二是因为他的学习成绩能把林璎甩开十条街的距离。

正当虞寥用不疼不痒的话安慰叶茗的时候，林璎从操场的一端气呼呼地快步走来。走到离两人不足十米时扯开喉咙喊道：
"叶茗，滚蛋！虞寥，过来！"

虞寥和叶茗对望了一眼，眼神中都充满了茫然。

"没听见？"林璎提高了音调。

叶茗的喉结上下滚动了一个回合，然后转身离去。虞寥也咽下一口唾沫，走向林璎。

"刚吃饱饭就这么大火气！"

林璎双手抱在胸前，撇了撇嘴唇，丢出两个字："解释。"

虞寥不明所以："解释什么？"

"解释。"林璎重复道，并且拉长了尾音。

"解释什么吗？"

"给我一个不打断你狗腿的解释。"林璎皮笑肉不笑地扬起了左侧的嘴角。

虞寥伸出手，做了个交警示意停车的手势："喂喂，到底怎么回事？"

林璎向前跨了一步，把嘴凑到虞寥的耳旁，大声说："我和你说过，若是欺负单月的话，我会打断你的狗腿，忘记了？"

虞寥咬牙忍受着耳边高分贝的声响，待林璎说完向后倒退了一步，一面用小指抠耳朵，一面说："记得记得。问题是我不记得有欺负过单月呀，况且我干吗要欺负她？"

"狡辩！"林璎又向前跨了一步，继续把嘴凑到虞寥的耳旁，"吃饭的时候她已经全部告诉我了。"

"告诉你什么了？"虞寥向右撤了一步，"你想想，作为一个刚刚转校来的新生，我何苦在第一周就去欺负班长大人。我是吃饱了撑的还是活得不耐烦了？你给我一个能解释的理由，我就承认。"

林璎作势要开口，但张开的嘴中没能蹦出半个字。少顷，她恢复了正常的语调说："那你为什么那样？跟单月说个话就跟敌人似的。"

阳光从云中钻出，暖暖地落在身上。

"不是我不愿和她说话，而是不知道该怎样和她说话。只要两人一进入对话状态，我的脑子就一片空白。"虞寥一口气说道。话刚说完，他就有了淡淡的悔意，此话一出，不就意味着……

"少扯了，"林璎用冷冷的语调说，"什么时候你变成那么内向的人了？你现在跟我说话不就好好的吗？给我个理由。"

虞寥的手心开始冒汗。理由？理由？这时，他急中生智道："还不是因为你。"

"我？"

虞寥点点头，把手插入裤袋中："是你恐吓在先，以至于每当我和单月进行对话时不得不采取小心翼翼的姿态，甚至不能正确自然地表达原本的情感。这是一种大脑的过激反应。我承认这种反应可能伤害到了单月，但归根结底是你的原因。"

林璎愣愣地望着虞寥，眼神变得有些恍惚，半晌后她开口道："那怎么办？"

虞寥微微增加了语气中的硬度："慢慢就会缓解的吧，当然前提是你不能再恐吓我了。单月那里还请你帮忙解释下，我对她可丝毫不怀有敌意。"

林璎完全相信了虞寥胡诌的解释，两人一同走向教室时，她小心翼翼地斟酌着对话时所用的每一个词。

来到教室门口，林璎示意他在门口等一会儿，然后自己走了进去，来到单月边上聊了起来。

聊天的过程中，单月时不时地把目光瞥向站在门外的虞寥，待林璎解释了原因后，她忍不住掩嘴咯咯发出了笑声。

虞寥远远望着她的笑颜，竟痴了。

"OK，一切搞定，她还乘机糗了我一顿。"林璎解释完后走回到教室门外，对虞寥说道。

虞寥走进教室，回到座位上坐下，一股尴尬在他和单月之间蔓延开来。

午后的阳光从窗中透入，树叶在微风中发出簌簌的声响。

有什么东西改变了，悄无声息的，如同一朵云在五秒钟内改变了形状。

"那个……我现在说话你脑子还是一片空白吗？"单月微微侧过头，开口道。

虞寥的脑子顿时变成一张麻将中的白板，良久后才憋出两个字："空白。"

"有趣有趣。"单月轻声自言自语。

沉默开始结网，虞寥有一种喘不上气的感觉。

"对了，再过两周就是校运动会了，你也参加个项目吧。"单月用手上的笔轻轻敲着脑袋。

运动会？不不，完全没有兴趣。虞寥想要拒绝，然而嘴中却一个字也发不出来。

"那就一千五百米好了，高一时做了不少人的工作才有人苦着脸答应去跑。"

对话结束。结局如同一个晴天霹雳一般打在虞寥的身上。开什么玩笑！在运动会的时候跑完一千五百米岂不是要变成残废？他想跟单月开口说拒绝，然而无论怎么努力依旧是惘然。莫非刚才自己胡说的大脑过激理论确实成立？

放学的时候，虞寥找到了林璎，想要她代为转告自己拒绝的意思。她听了原委之后足足发出了两分钟的嘲笑，然后看了一眼手表奔出了教室。

晚上躺在床上时虞寥终于想到，这一定是林璎出的主意。意识到这点之后，睡意像是抛弃了他一般久久不肯降临，直到凌晨三点，他才勉强睡去。

两周时间倏忽而过。

长达一周的连绵春雨在运动会的前夕悄然停止，让人觉得似乎真的有一个上帝在某处俯瞰着众生。

操场上人头攒动，各种声音从四面八方涌入耳中，虞寥感觉自己仿佛身处于一个巨大的马蜂窝之中。

"一千五百米？太崇拜你了，看样子是经受不住美女的甜言蜜语，一不小心答应下来了吧。"叶茗的口气中明显透着幸灾乐祸。

虞寥不悦地把领来的号码布塞入裤袋中："毛虫，少说风凉话。"毛虫是林璎给他取的外号，来源不详。

空气开始躁动，操场上的第一项比赛已经开始。

虞寥坐在看台上，看着操场上的运动员绕着塑胶跑道像傻子一般一圈圈拼命迈步。赢了又如何呢？一圈圈还是回到起点罢了。这样的比赛已经不再是为健康而运动了，说不定有损健康亦未可知。想到自己过会儿也要傻乎乎地去绕圈跑步，顿时感到头疼不已。

欢呼声和加油声此起彼伏。虞寥在人群中搜索着单月，在看台的第一排，他发现了她的身影。她依旧穿着校服，但下身换了一条运动裤。她要跑女生一千米，他想起了在班会上蒋老师做的运动会安排报告。

中午休息的时候林璎找到虞寥，他正躺在看台上望着依旧遍布乌云的天空。

"喂，你再看也不会下雨的，下午可要跑一千五百米了哦。"林璎在他身边蹲下，把一根西瓜味的棒棒糖塞进他的嘴巴。

"你说你这么算计我，怎么就没感觉良心不安呢?"虞寥转过脑袋，看着眼前那张漂亮的脸蛋。

"你不觉得把自己的快乐建立在别人的痛苦之上其实是一句

很符合人性的话吗?”她笑眯眯地说。

虞寥用鼻子轻轻地哼了一声:“是呀是呀,这样的心理正是人类文明赖以发展的基石。”

林璎打了个响指:“下午可要好好跑呀,虽然不期望你拿名次。”说完,她笑着扬长而去。

一点半,运动会再次开始,乌云以迅雷不及掩耳的速度从天际散去。

午后的阳光和煦地从半空洒下,视网膜上有点点的金色在闪耀。

虞寥提前半个小时开始做准备运动,然后被带领到跑道上。参加一千五百米的运动员只有十人,只要进入前八名就能给班级加分。虞寥打量了下其他人的体格,心想自己不至于落到最后的百分之二十的人里。

哨声响起,虞寥跟在一个穿红色短袖 T 恤的男生身后。在拐弯处他确认了前面的人数,共有四人。肌肉和呼吸如同一对配合默契的亲兄弟,不急不缓地释放着储存的能量。

两圈过后,虞寥依旧紧紧跟在第四名的身后。心跳的声音放大了数倍,在耳蜗深处传来扑通扑通的回响。

他抿了抿开始发干的嘴唇,缓缓开始加速。

第三圈跑完时他排在了第四的位置,这一圈的时间里,几个人轮番加速,进行了数次的换位角逐。

从看台传来了浪潮般的加油声,然而虞寥却只能听见自己沉重的呼吸和快速的心跳。

剩下不到三百米的时候他超过了第三名，一百米时超过了第二名。

我这两周可是有在苦练跑步呀！虞寥盯着第一名的背影回想着自己每天晚上在雨中狂奔的傻样。

狂暴的心脏像是要从喉头跃出，每一次呼吸胸口都传来如同被砂纸磨砺般的疼痛。

还有一点，还有一点就能赶上了。

越过终点线，同班的两个男生忙上来搀扶住虞寥。眼中的世界开始晕眩，他闭上了眼睛，由两人扶着无意识地向前走着。

胸口的疼痛像要把他撕开。

第二名，他在心中默念，应该可以向单月交差了吧。

走了大约三分钟，虞寥开始感觉到生命回归了自己的身体。他喝了点水，自己缓步走上看台。同班的男生纷纷上来拍他肩膀，他一面微笑着一一回应，一面在人群中搜索单月的身影。

没有单月。

在叶茗身边坐下后，他重新扫视了一遍看台上的人群，确实没有单月。

"没看出来嘛。"林璎不知从哪儿冒了出来，如同其他男生一般拍了下他的肩膀。

虞寥从她手上抢过矿泉水，咕咚咕咚喝了两口："抱歉，没让你看到我出丑。"

"喂，我喝过的。"

虞寥看了一眼矿泉水瓶，递还到她面前："哦，还给你好了。"

"喂，你喝过的。"

"矫情。"虞寥笑着又喝了两口。

"矫情。"叶茗模仿着他的口气重复道。

林璎扬手就给叶茗脑袋上一记爆栗。叶茗捂着脑袋哀号不已，她却连眼睛都不眨一下。

"她们跑完就该单月出场了。"说着，她用下巴朝跑道的方向努了努。

虞寥把目光投向跑道，比赛已经进行到一半，应该是高一女子的一千米比赛。

怪不得刚才寻不见单月的身影，想来是去热身了。

高一组的比赛结束后，高二组的运动员走到了跑道上。虞寥在第一时间确定了单月的身影，她脱去了长运动裤，只穿一条不及膝盖的运动短裤。她走到跑道上后一动不动地站着，仿佛是在欣赏风景。

比赛开始，单月跑在第三的位置。

两圈过后，除了被远远甩开的三位运动员之外，其他人开始发力追逐。单月在被第四名赶超后迅速加速，重新夺回第三的位置，在离终点不到二百米时超过了第二位，在一百米时已与第一名并驾齐驱。不到五十米时，第一名已经力竭，单月有了明显的领先。

然而在离终点不到十米的时候，她打了一个趔趄，又跑了两步，她身体一软，倒在了跑道上。

虞寥从位置上腾地站起来，走到看台的栏杆处向外张望。单月被站在一旁的老师拖出了赛道，一个校医模样的青年女子从一旁跑来。

"究竟怎么回事？"身旁传来林璎急切的声音。

"跑得太急了吧。"叶茗说道。

虞寥盯着躺在地上的单月，见她一动不动。

"那怎么一动不动？"林璎用手狠狠地握着看台的栏杆。

"估计是昏过去了。"解释的依旧是叶茗。

"虞寥，我们下去看看。"

虞寥盯着单月毫无生气的脸，一个画面掠过他的脑海。不好！他忙从人群中抽身，跑到看台通往操场的楼梯处，直接翻过栏杆从两米多高的看台处跳了下去。

"虞寥！"身后传来林璎的惊呼声。

虞寥前倾着身子在地上打了个滚后立马站起，径直跑向单月。

"同学，不要过来。"一个男老师走过来拦他。

虞寥上前用手肘在男老师的腰间狠命地一撞，然后扑向单月。原本打算搀扶单月的同班女生尖叫着从两侧让开。虞寥在单月面前蹲下，她的脸色如同一张白纸。校医模样的女子正用手抚摸着她的前胸。

"没关系，等一会儿就……"

虞寥没听女子的解释，而是一把抓住她的手腕，甩到一旁，然后把耳朵贴在了单月的左胸上。

"喂，你要干吗?"先前那个男老师愤怒地走了过来。

虞寥从单月的胸前抬起头，用手指撑开她的眼睑。

"你不要乱来!"男老师伸出手来想要制止虞寥。

"快!叫救护车!"虞寥低头大喊。然后双手交叉相叠开始给单月做心脏胸外按摩。

"怎……怎么回事?"那个女子惊慌地问。

虞寥头也不抬说道:"心力衰竭。"

第二章

病房的窗户几近透明。

春的意味更浓了一些，医院的池塘边已经柳絮纷飞。

虞寥、林璎和叶茗一声不吭地坐在单月的病床边上，天际的最后一缕阳光在洁白的被褥上留下了一个颇有后现代感的三角形。护士说她白天已经醒来过，如今又睡了过去。

她薄薄的嘴唇泛出淡淡的白色，额前有几根凌乱的头发越过眼睑，胸脯随着呼吸缓缓起伏。脸色依旧虚弱，只需看一眼心就微微作痛。

三人在病床边坐了半个小时，单月缓缓睁开了眼睛。

她安静地微笑，像一朵初夏绽放的水莲。

"其实早感觉到你们来了，不过却不愿睁开眼睛。"

林璎见单月开口说话，一下子扑到了她的胸前："你吓死我了，干吗这么拼命地跑呀？"

单月想伸手去摸林璎的头发，但一抬手发现指尖夹着心脏检测仪的感应器："跑前听说虞寥跑了第二，不想输给他嘛。"

虞寥听到她提起自己，脑袋顿时轰的一声陷入了空白。

林璎转头恶狠狠地瞪了他一眼，然后回头继续说："看你一动不动倒在地上，当时我还以为……"

"死了？"单月歪了歪脑袋。

"呸呸，我胡说什么呢。"

"说话不经过大脑……"叶茗在一旁小声地嘟囔。

林璎猛地把头转向他，咬着牙一字一顿说道："再说一遍。"

叶茗整个人本能地向后缩了一下。

"听说了，要不是你，我说不定真会死在操场上呢。"单月微微侧头，把柔软的目光落在虞寥身上。

"不准再说那个字。"林璎伸手蒙住她的嘴巴。

"谢谢……"

虞寥如同雕像一般坐在椅子上，脑子中依旧一片空白。

"喂，跟你说话呢，"林璎走到虞寥身后，在他的右肩上猛拍了一掌，"快说这是你应该做的。"

"好啦！小璎，别欺负他了。"单月为他解围道。

"医生有说到底是为什么吗？"叶茗开口道。

单月想了一下："说是因为一下子运动量过大的缘故。"

"哦……"叶茗若有所思地应了一声。

"好啦，我们先走吧，月月需要多休息，我和虞寥明天还会再来的。"

叶茗听她没有把自己囊括在内，于是忙对单月说："那我们先走了，明天再见。"

走出医院，三人漫步在黄昏的街头。

单月虚弱的脸色在虞寥的脑海中萦绕不去，他感觉到一种隐隐的疼痛，犹如一根玫瑰的刺扎入了掌心无法取出。

"虞寥，明天你会去看望单月吧？"林璎双手插在上衣的兜中问道。

"嗯。"他点点头。

"那个……明天我不能和你一起去，没关系吧。"

林璎望着虞寥的眼睛，其实她非常希望能和他一同去探望单月。不知为何每当和虞寥在一起的时候，她就特别的开心。不过明天她还有别的一个任务……

天际被夕阳染成了一种暗紫色，这样的街头透着一丝神秘。

那我一个人该怎么面对单月？但他还是答应道："嗯。"

"我往这边走喽，再见。"林璎跟虞寥挥手道别，小跑着穿过马路。

"再见。"叶茗提高声音对着她的背影喊道。

林璎装作什么都没听见。

虞寥和叶茗继续向前，夜色开始笼罩四周。

"你是不是觉得我特傻?"走了一会儿，叶茗开口道，声音中带有一丝苦涩。

虞寥笑而不答，把目光落在街角一家蛋糕店的橱窗上。

"其实我并不喜欢你所看见的林璎。"叶茗继续开口。

"哦？莫不成还有个我看不见的林璎？"

叶茗从书包的侧袋中掏出一包香烟，把其中两根微微挪出一截，递到虞寥面前。虞寥皱了皱眉，从中选了一根，看了眼位于过滤嘴上方的商标，是七星，商标上方印着"WIND BLUE"的字样。叶茗把另一根叼在嘴上，然后掏出 ZIPPO 熟练地给虞寥和自己点上。

"你也好，我也好，林璎也好，无论是谁都不会把真正的自己轻易地展示给别人，你说是吗？"

虞寥抽了一口烟，然后缓缓吐出，烟很淡，仿佛这夜色一般。

晚风在街上游走，把烟吹散。

"虞寥，我认为这是一场战争。"叶茗用轻描淡写的语气说道。

虞寥转过头看着叶茗，他第一次真实地感觉到身旁这个身体瘦弱的男生体内有着多么强大的意志。一种若有似无的强大气场开始笼罩他的全身。

"我可是佩服得五体投地，"虞寥故意用开玩笑的口气挣脱气场带来的压迫感，"要是我的话，绝对没那信心一次次锲而不舍地向林璎表白，怕一不小心被她打断腿。"

叶茗愣了愣，恢复了先前正常的口气，笑着说："我这是死猪不怕开水烫罢了。"

夜晚十点，虞寥写完了当日的作业，给自己倒了五厘米高的威士忌，站在窗前。

夜有些清冷，白色的月光落在杯中。

无论是谁都不会轻易把真正的自己展示给别人……

他把威士忌含在嘴中，咀嚼着叶茗的话。威士忌在口中渐渐变暖，舌尖传来一种温润的触觉。一口咽下，喉咙有微微的灼热感。

单月的脸庞依然时不时地出现在眼前，她淡淡的微笑，她薄薄的嘴唇，还有那声谢谢。为什么她的容颜在眼前挥之不去？为什么她一开口自己的智商就掉线？

虞寥望着窗外的路灯发呆，酒精在血管中温暖地流动着。等冰块完全融化后，他把最后一口威士忌吞进肚中。

已经是十一点多，但依旧睡意全无。他走进卧室，打开电脑，在椅子上缩成一团。看了一集《HOUSE》，电脑屏幕右下角的时间就变成了零点。

一日过去。虞寥关了电脑，躺到床上沉沉睡去。

早晨醒来时天已大亮，虞寥猛然从床上坐起，旋即想起今日是五月一日，不用上课。他重新躺回到床上，望了半个小时的天花板，然后起床烤面包片和泡咖啡，随便吃过点后，花时间洗了澡，然后把近几日换下的衣服丢进了洗衣机。

窗外不时传来鸟鸣声，清亮悦耳，是同一只鸟的声音。

十点时他来到医院门口，心想是不是应该买束花，于是在街角的一家花店买了百合加粉色郁金香。见面时应该如何开口？虞寥拿着花走进医院，脚步艰难而迟缓。笨蛋！正常地打招呼不就行了吗？又不是去探望美国总统！走进住院部，他的心脏开始加速跳动，握着花的手开始浸出汗水，上下的牙齿也不自觉地开始打架。没出息的家伙！虞寥暗骂了自己一声，然后用手在大腿处狠狠拧了一把。钻心的疼痛随之而来，一不小心竟然使出了吃奶的劲。

快走到病房门口时，虞寥闭上眼睛开始深呼吸，心中默念准备好的台词：嗨，今天感觉怎样？

"好啦，那你们聊。"病房里传出了林璎的声音。

看样子不止林璎一人。虞寥站在门口，不知道是否该推门而入。

"已经没关系了。"是单月的声音。

"好，那我走了。"一个男生冷冷的声音传来。

"喂！"林璎出声，语气中带着不满。

脚步声从里侧传来，病房门吱呀一声被打开。一个一米八不到些的男生双手插兜走了出来。男生长得很帅气，上身穿着黑色的短夹克，下身一条深蓝色的牛仔裤，轻扬的头发盖住了两耳，然而脸上的棱角却分明告诉旁人他是一个冷傲的人。

男生看也没看站在门外的虞寥，转身快步向出口走去。林璎从后面追了出来，看见虞寥后愣了一下，然而用眼神示意让他帮忙安慰单月，随后自己一跺脚向那男生追了过去。

什么情况？那个男生是谁？

虞寥原地站了数秒，重新调整了一次呼吸，顺便又默念了一回台词，然后走进病房。

单月一如昨日般躺在病床上，但是眼神空洞。

虞寥走到她床前，把花放在一旁的床头柜上。

单月回过神来，看见来者是虞寥，于是勉强露出一个笑容。

虞寥拖过凳子在她床边坐下，双手抓住床沿，深呼吸了一口，开口道："那男的是谁？"

那男的是谁？虞寥觉得自己一定是脑子进水了，先前默念了无数遍的台词为什么一到临场却变成了这么一句傻气的话？可是话已出口，他只好忐忑不安地望着单月。

她的眼神黯淡了一下，犹如谁熄灭了一根蜡烛。

"好，那我走了。"仅仅五个字。为什么他对自己总是那么的冷漠，就像一座冰山，单月痛苦地想。

"他叫米昊天，是……我的一个朋友，林璎也认识。"

虞寥把全身的力气都放在了手上，紧紧握住床沿，努力控制着大脑不陷入空白。因为握得太紧的缘故，他的双手开始颤抖，脖子上也青筋凸显。

"虞寥……你没事吧？"单月察觉到了他颤抖的双手，"你看起来很痛苦的样子，要我按铃叫护士吗？"

"不用。"这一招似乎管用,脑子正常地运行着,并没有陷入短路状态。他松开双手,试着重复回答了一次:"不用。"

单月看见了花,伸手从床头柜上拿过,闭上眼睛嗅了嗅,然后脸上露出幸福的表情:"百合花好香呀!"看样子林璎之前说得没错,虞寥他确实是个不错的人。

"不知道你喜欢黄色郁金香还是粉色的,我就随便选了一种。"对话模式恢复正常。虞寥看了看因为用力过度而泛白的掌心,心中舒了口气。

"粉色的很好看呀,我很喜欢,谢谢哦。"单月用食指的指尖轻轻地戳了一下郁金香粉色的花瓣,那神情如同一个调皮的精灵。

虞寥也学着她的样子,用手指戳了戳花瓣:"今天觉得好些了吗?"

她点点头:"医生都说可以出院了,但妈妈执意让我再多待一晚。"

"没有关系啦,反正劳动节假期,难道你还要出去劳动?"虞寥把花束重新放到床头柜上。

单月抿着嘴想了想,从病床上坐了起来,压低声音说:"虞寥,我带你出去逛逛吧。"

"啊?"他不明所以。

"你不是刚来风鸣镇不久吗,我免费做导游,带你进行风鸣镇之旅好了。"

"可是你……"

单月打断虞寥的话:"医生都说我可以出院了,你到门外等我,我换下衣服。"

虞寥走出病房,站在门外静静等候。

什么风鸣镇之旅,明显就是自己在病房里待得无聊罢了。

米昊天,他回想着那个男生的名字。他究竟是怎样的一个存在?

大约五分钟后,病房门被打开,单月换上了一件紫色的圆领毛衣,手上拿着一个麻织的袋子。毛衣紧紧地贴在她的身上,上身的曲线一览无遗。

两人装作神情自然地走过护士坐班的询问台,通过安全楼梯走出了住院部。

撩人情思的春风轻轻抚摸着脸颊,似乎有谁把幸福的粉末撒在空中,让风带了过来。

"那么,单导,请问今天我们要游览哪些景点呢?"走出医院,虞寥装出一本正经的口吻问道。

"不告诉你。"单月停下脚步,也装作认真地回答。

"喂喂,哪有导游这么大牌的!"虞寥表示不满。

单月伸出右手的食指,在空中左右摇摆了下:"因为我是免费导游,又不收你钱,所以乖乖跟着就是了。"

说完这句,单月不再开口,自顾自向前走着,虞寥跟在她身旁。一种温暖的静谧在两人中间蔓延,他有点希望能和她永远地这么走下去，即使彼此不言不语。

他们走过了两个十字路口，然后拐进了一个小巷中，又走了大约五分钟，她在一家水果店面前停下了脚步。

"第一个景点，童年时代的水果店，"单月露出温柔的笑容，"小时候和爸妈就住在这附近，基本上一年四季所有的水果都是在这家店里买的。那时候的店主是一个慈祥的老婆婆，有时候我自己回家忘带了钥匙就在店里等着爸妈下班。老婆婆过世的那年我刚好上初中，之后水果店就卖给了现在的店主。"

虞寥朝水果店望去，一个中年大妈正坐在一张椅子上看电视。"那之后有再来买过吗？"

单月没有回答，重新迈开脚步前行，虞寥只好跟上。

又七拐八拐地走了一刻钟，两人在街旁的一棵巨大的樟树前停了下来。

阳光从树叶的间隙中落下，地上布满了碎碎的光点。

单月走到树前，用手在树上抚摸着，似乎在寻找什么东西。

"在哪里呢？在哪里呢？应该还在的吧？啊！找到了！"单月转头招呼着虞寥。

他凑到树干前，看着单月手指指着的地方。树干上有一条不浅的划痕，高度大概在他腰部的位置。

他意识到自己此刻离她是如此之近，甚至可以感觉到她的呼吸。

"这是什么？"

单月显得有些不好意思，用手捋了下耳边的头发："景点二，长大比赛。小的时候跟这棵树打赌来着，说一定会比这树长得快，于是把自己的身高刻在了树干上。"

"幼稚。"虞寥脱口而出。

单月不以为意："是呀，之后的两年还总因为自己比树长得快而沾沾自喜，后来才知道树只有在顶端才生长。第三个景点大概要走二十分钟才行。"

虞寥抢先挡住了单月的去路："这好像不是风鸣镇之旅吧，感觉像是寻找童年记忆之旅才对。"

被虞寥一语道破，单月的脸颊顿时泛起一丝红晕。她双手合十，用眼睛盯着他："拜托了!"

"好吧好吧，谁叫你是病人呢，"虞寥妥协道，"其实也没有那么无聊。"

两人接着沿街而走，路旁的行道树由悬铃木换成了银杏。

青绿色的扇形叶片在风中发出簌簌的声响。

走了十分钟，单月开口道："这样吧，叫作五月的旅行好了。"

五月的旅行。

简单的名称，但其中却有什么东西能触动人的心弦。

"好吧。"虞寥赞同道。

继续向前，两人渐渐走出了镇中心。虞寥本想问下一个景点是哪里，但望着她那恬静的脸，终究没有开口。默默地走着，路上开始变得冷清起来。在拐过一个弯后，一片墓地映入了虞寥的眼帘。

难道她要来的是墓地？

莫非……

单月望了一眼他的眼睛，从中读出了他的疑问，不过她并没有回答，而是径直走进了墓地。虞寥看着视野中成排的墓碑，停下了脚步，心中像是被割了一个伤口一般。

他不想进去……不想……

他紧握住拳头，盯着视野中不断向前的单月，咬了咬牙追了上去。

单月在一个墓碑前停下了脚步，蹲了下来。虞寥站在一旁，把目光投向墓碑上刻着的字。

单沉之墓，享年三十六岁。

原来……她也……

单月打开了袋子，小心翼翼地从中拿出了一朵百合和一朵粉色郁金香放在墓碑前，然后双手并拢放在胸前，闭上眼睛，无声地说着什么。虞寥看着她的脸，心中生起一股怜爱之情。

过了许久，她睁开眼睛，怔怔地望着墓碑。

"起来吧。"虞寥握住她的双肩，把她从地上扶起。

"抱歉，让你陪我来这种地方。"

虞寥弯下身掸了掸她膝盖上的灰尘，轻声说："谢谢你愿意让我陪你来这里。"

单月听后眼中充满了感激："我是不是很自私？不由分说地要你来承担我的悲伤。"

虞寥笑道："这就是身为同桌该尽的义务。科里瓦拉条约中规定的嘛。"

"科里瓦拉条约？"单月喃喃地重复。

虞寥看着她困惑的样子，冷冷地说："喂，你连这个都不知道？你可是班长呐！"

单月的双颊泛起两片微红，仿佛喝酒喝到了微醺。

"五月的旅行就此结束了？"虞寥问道。

"还有最后一站。"

"哪里？"

单月依旧不肯明说："去了就知道啦，我们就在墓园门口等公交车。"说完跑了起来。

"喂喂，你的身体……"虞寥忙追上去，一把拉住她的手。

"没关系啦，已经好了。"

"开什么玩笑！"虞寥压低声音吼道。

单月被吓了一跳，停下脚步转过头怯怯地望着他。

虞寥收拾了下情绪，走到她身边："医生只是说你可以出院，并没有说你可以剧烈运动。要是再发生这样的情况，我们立马回医院，知道了吗？"

单月望着他，眼神中的困惑渐渐融化，漾出一片乖巧的温柔："听你的就是。"

虞寥叹了口气："抱歉……刚才对你大吼大叫了。"

直到一起走到公交车的站牌下时，虞寥才发现自己一直没有松开单月的手。他感觉着从掌心传来的柔软触觉，耳根渐渐热了起来。

真想就这么一直握着，但这未免过于尴尬了。

虞寥缓缓放开握着的手，抬起头逐一默念公交车站牌上列着的站名。

没过两分钟，公交车从视野的尽头缓缓驶来，然后稳稳当当地停在两人的面前。

"啊！"上车后单月突然叫了一声。

虞寥一阵紧张，忙问："怎么了？"

单月嗫嚅地说："忘记……忘记带钱包了。"

虞寥哑然失笑，摆着手说："没关系没关系，我付就行了嘛。"

虞寥付了车票钱，走到她身边的位置坐下。公交车缓缓开动，车窗外的景色渐次后退。虞寥看了一眼时间，已经是下午两点。

"我们还没有吃午饭。"虞寥想起道。

"对哦，"单月也恍然，"你这么一说我也觉得好饿。"

"五月旅行的最后一站可有吃东西的地方？"

单月想了想说："可能……没有。"

虞寥无奈地笑了两声："Wonderful！绝妙的旅行。"

汽车发动机的轰鸣声充斥着整个车厢，虞寥把视线落在她的手指上。单月的十指细长而纤瘦，光洁的皮肤紧紧包裹其上，仿佛只需这十指在空中轻轻一挥，就会响起美妙的乐章。她把头靠在车窗上，窗外的景致被缩小后从她的眼中掠过。

大约坐了二十分钟，公交车驶向了一条向山脚而去的岔道。

"莫非要去爬山不成?"虞寥心想。若是真的如此，说什么也得阻止!

然而公交车到达山脚的站牌时单月并没有下车的意思，司机继续带着乘客沿着山脚向前。

"喂，我说，我们究竟要去哪儿呀?"虞寥沉不住气地开口问道。

单月把视线从窗外的风景中移出，落在他的脸上:"心急了?马上就到了。"

虞寥无奈，只好闭上嘴不吭声。

公交车在驶过一个弯道后，窗外的视野顿时开阔了起来。虞寥向窗外望去，铺天盖地的蓝色涌入眼中。他一时无法反应过来，过了好久才意识到，横亘在他面前的是蔚蓝的大海。

对了，母亲曾经提起过，风鸣镇是一个滨海的小镇。

"哈哈，看你表情就知道是第一次来。"单月见他回过神来后才开口。

两人下了车，朝海边走去。

空气中有海潮的味道，虞寥闭上眼深深地吸了一口。

海，湛蓝。

虞寥和单月在防波堤上坐了下来，看着浪花拍在礁石上碎成一粒粒白色的水花。

海风把单月的长发吹起，在空中优雅地舞蹈着。

虞寥从未想过风鸣镇会拥有如此美丽的风景。或许，是因为有单月在，他才会有这样的感受。

"漂亮吧？"单月把双腿沿着防波堤的坡度伸直。

"漂亮得不可思议。"虞寥赞叹。

"我有时会在周末休息的时候特意过来。"

"心情不好的时候？"

单月伸了个懒腰，然后摇头否认："心情好的时候或者不好的时候都会想看看大海。"

"没有海滩吗？"虞寥向左右两边看去，视野直至尽头都是防波堤和礁石。

"没有海滩，所以这里才没什么游客。不过这样也好，看海的话还是安安静静的好。"

虞寥赞同地点了点头。他朝蔚蓝的海水看去，如此美丽的海还是第一次感受到。

一阵海风吹来，单月下意识地把双手怀抱到胸前。虞寥见状，把自己的外套脱了下来，披在她的肩上。

"不用，我不……"

"嘘——"虞寥把手指放在嘴唇上，做了个收声的手势。

单月知道多说无益，乖乖把他的外套穿在了身上，然后转头问他："现在觉得这个五月的旅行怎样呀？"

"不赖不赖，只是肚子饿得厉害。"

刚才虞寥已经特意留意过了，确实没有半点可以解决肚子的办法。

单月露出了羞赧的神色。突然，她打了个响指，然后低头在防波堤上寻找着什么。

"怎么了？"

"石头……石头……"她喃喃道。

"石头？"虞寥不明所以，但也跟着环顾四周寻找石头。

"啊！有了！"

她捡起了一颗玻璃球大小的石头，然后笑盈盈地说："我们画饼充饥好了。"说着她就用石头在两人中间的位置画了一个圈。

"饼？"虞寥看着那个很难称得上是圆形的圈问道。

"对呀，古人不是看着它就不饿了吗？"

虞寥抬起头，用类似打量外星生物的眼神望着她："我们看起来像是古人吗？"

"问题不是像不像古人，而是看着饼，然后想象着把它吃掉，肚子就会不饿了。"单月认真地解释。

虞寥伸出手，用手指指着地上那个圈："请问这个奇怪的形状从什么角度看起来会像是一张饼呢？"

单月低头看着自己所画的那个圈，整张脸渐渐红得如同做了彩绘："这个……这个……看久了确实又觉得不太像饼了。"

虞寥用鼻子哼了一声，无奈地说："古人画饼充饥自有他的道理，那个时代饼确实算得上是一种美食。问题是一来我们不是古人，二来二十一世纪也不能算作古代，所以你要画的话，也不能画饼呀，况且这张饼还被你画得那么抽象。"

"可是，"单月辩解道，"可是别的我也画不出来嘛，要不……要不我画个包子？"

"包子？"虞寥用手掌拍了下脑门，近乎吼着说，"画包子，你为什么不画窝头呢？拜托，画点有诱惑力的食物。"

单月的脖子也红了，小声地说："那你想吃什么？"

虞寥摸着下巴想了想："此时此刻，最想喝啤酒。"

单月似乎对这个答案甚为诧异，睁大眼睛问："为什么？"

"你不觉得坐在防波堤上吹着海风喝着啤酒是最为惬意的事情吗？"

单月歪着脑袋开始想象那样的场景：海风从远处徐徐吹来，带来阵阵的海潮味儿，耳底深处响着海浪的声音，冰凉的罐装啤酒被嘭的一声打开，白色的啤酒沫从易拉环中溢出，咂一口，清凉的啤酒顺着喉咙缓缓下滑，跌入温暖的胃中。确实是相当惬意的事情。

"不过，"单月开口道，"若天气再热一些就再好不过了。"

"赞同。"

"但是，我们还没有到能喝酒的年龄吧？"单月转过头问虞寥。

"你是指未成年？那是不能买酒罢了，喝的话没有问题，何况只不过是啤酒罢了。"

单月明白地点了点头，拿着石子有节奏地在地面上敲击着，嘴中喃喃道："啤酒……啤酒……"她在回想啤酒罐的样子。

虞寥等了半分钟，但她依旧没有开动，于是他只好从她手中拿过石子，在地上画了起来。不到二十秒，画出了一个啤酒瓶。

"哇，真像！"单月不由叹道。

虞寥如法炮制，又在她的脚边画了一个，然后在瓶身上画了一张笑脸。

"厉害，厉害。"

虞寥把手中的石子扔向远处，然后开玩笑说："达·芬奇画鸡蛋，我画酒瓶，说不定以后我出名了这里就成了旅游胜地。"

"美得你。"单月用手指戳了一下他的肩膀。

虞寥在防波堤上仰面躺下，望着天上如棉花般的朵朵白云。单月则曲起双膝，然后用双手环绕住，把视线移向远方的海水。

午后的时间静静地流淌，仿佛只要伸开五指就能感觉到时间之河的律动。

两人不约而同地保持了缄默，整个世界似乎只剩下了海浪的声音。

虞寥渐渐有了一些困意，于是闭上了眼睛。虽然什么也看不见了，但他依旧能感觉到她在自己的身旁。为何能这样的确定呢？他不知道答案。他所知道的仅仅就是，她此刻坐在自己的身旁。

再次睁开眼睛时时间不知流逝了多少，落入眼中的阳光传来微小的刺痛感。他花时间让自己适应了这样的亮度，然后微微侧过脑袋望着单月。

她依旧保持着先前的姿势，仿佛时间就不曾流逝过。

他看了会儿她的背影，然后起身坐了起来。单月没有发觉他的动作，她沉浸在了自己的世界中。

虞寥望着她的双眼，平时如秋水般明亮的眸子此时看起来却如同两口历史久远的枯井。他从她的眼中读出了一丝苦涩，还有一种莫可名状的伤痛。

她此时究竟在想着谁呢？

是父亲单沉，还是今天在病房中出现过的那个男生，米昊天？

虞寥不忍打断她的思绪，但此时再不启程的话在天黑前就赶不回医院了。他从地上站起，用手拍了拍衣服和裤子，然后走到她的身后，用手指戳了一下她的天灵盖。

单月一下子没能搞清楚状况，带着茫然向后仰头望着他。

"再不走的话连晚饭时间都得过了。"虞寥开口道。

单月吐了吐舌头，从地上站起。

坐公交车回医院的路上，虞寥的手机响了起来。他掏出一看，是个陌生的号码。

"喂喂，单月是不是和你在一起?"他辨别出电话那端是林璎，并且语气不善。

"正在回来的路上。"

"你这是打算把她拐卖了，是吧?"她没好气地说。

"怎么可能，"虞寥尽量让自己的语气显得可怜一些，"好啦好啦，马上回来，马上回来。"说完，虞寥不等林璎搭话就挂下了电话，然后长出了一口气。

回到病房，林璎正一个人气鼓鼓地坐在凳子上。看见两人回来，故意垂下眼皮不理不睬。

"安全抵达，那我就先走了哦。"虞寥说着就转过了身。

"你完蛋了!"身后传来一个邪恶的声音。

虞寥打了个寒战，走出病房，把门悄悄掩上。

"你们到底去干吗了?"病房内传来林璎的声音。

"五月的旅行。"单月回答。

走出医院，肚中的饥饿感已经消失得无影无踪，大概是因为饿过了头的原因。于是虞寥琢磨着还是回到家中自己做晚餐。

正值下班的高峰期，街道上人流如织。

回到家中，虞寥打开冰箱努力把其中的食材搭配起来。

他取出一棵球茎茴香，掰下了两片，然后又拿出两个鸡蛋，菜肴一：茴香炒鸡蛋。

冰箱的最底层躺着两颗甜菜根，虞寥取出其中一颗，想了想，菜肴二：甜菜羹。

他哼着不知名的小曲,给锅中加上水,打开燃气灶,然后用菜刀小心翼翼地把甜菜根切成小块。煮甜菜根的时间里,他淘米做饭,把球茎茴香切成细细的小条,然后把两个鸡蛋打匀。

虞寥闭上眼睛,脑海中浮现出下午湛蓝的海水,以及单月那张恬静的面孔。

把甜菜根煮上五分钟,然后取出放入搅拌机中搅成碎末,再丢入锅中继续煮开。五分钟后加入奶粉和糖,然后倒入碗中。

虞寥尝了一口呈玫红色的甜菜羹,感觉不够甜,于是又加了一勺糖。

茴香炒鸡蛋则轻松加愉快,所要做的不过是先把茴香炒到半熟,然后把打匀的鸡蛋液倒入锅中翻炒,待到鸡蛋变熟后加上盐就可以了。

大功告成,虞寥把饭菜端入客厅,一个人坐在桌前慢慢享受美妙的晚餐。

把饭菜全部吞进肚中后,他用手支着下巴望着桌上的碗碟。

这就是生活。

洗罢碗筷后时钟指向八点,他想了想,重新穿上鞋子,走出了家门。

夜晚还是有着微微的凉意,但饱饭之余在街头漫步不失为一种惬意的享受。虞寥走着走着内心升起一股对于探险的兴趣,于是专挑从未走过的道路前行。

街上的人渐渐少了起来,一些店铺开始早早地关门打烊。虞寥在一条不宽的街道旁发现了一家名叫"宿"的咖啡馆。咖啡馆不大，招牌也不显眼，不过是整条街上唯一在晚间九点半依旧营业的店铺。

虞寥走进店中，打算喝杯咖啡再漫步回家。

咖啡馆的装潢并不考究，生意也只是马马虎虎，这个时间店中的顾客不到十人。虞寥在一个靠窗的座位上坐下，一个女服务生拿着菜单过来。他看了看后打消了喝咖啡的念头，要了一杯热可可。

虞寥环顾四周，发现顾客中有两个与自己年纪相仿的客人。

下次叫单月一起来这里吧。虞寥在心中暗暗谋划。

正这么想着的时候，服务生把热可可递了上来。虞寥本能地说了声"谢谢"，然后抬头看了一眼服务生。

一张熟悉的脸。

送上热可可的服务员不是先前的那个女服务生，而是一个男的。这人好像在哪里见过，虞寥盯着转身离去的服务生的背影努力在记忆中搜索。

米昊天！

虞寥认定这个服务生就是早晨出现在单月病房里的那个一脸冷傲的家伙。

为什么他会在这里？

虞寥举起咖啡杯，喝了一口香味四溢的热可可。

答案在热可可顺着食道流入胃中的瞬间在脑海中浮现。显而易见，米昊天在这家叫作"宿"的咖啡馆中打工。

米昊天站在服务台的后方，虞寥从坐着的角度无法看清他的脸。他回想着早晨在病房门口看到的那张脸，心想这样冷冰冰的人竟然能做服务生，这世界实在是奇妙。

虞寥一边喝着热可可，一边观察米昊天。没有客人推门而入，他如同雕像一般一动不动地站着。

他一定没有认出自己，或许早晨他根本就没有发现位于病房外的他。

可单月似乎十分在意他，他们究竟是什么关系？

既然知道了他在这里打工，也就有了借口可以从林璎那里套出点信息来。

窗外的一盏路灯忽明忽暗地闪烁着，让无人的街道显得有些诡异。

不知什么时候米昊天在服务台的后方消失了，虞寥看了看四周，咖啡馆中仅剩下了两个人。他把杯底剩下的已经变凉了的热可可一饮而尽，然后向女服务生示意买单。

走出咖啡馆，虞寥回想着来时的路，然后认定若是向后再走一条街的话就可以少绕一个大圈。打定主意，他走进位于咖啡馆边上的小巷。

没走两步，两个声音从一侧的岔道传来。

"这次真的要教训她？"

"是，铁哥说的。"

"可这里面有铁哥什么事情，她扫的是老大的面子。"

"大概是看不下去了，虽说林璎和老大有点交情，但这次毕竟被他们看见了。"

林璎?! 虞寥停下了脚步，侧身贴在了墙壁上，向岔道口探出头去。

黑暗中有三个人影站着，其中一人手中夹着一根点燃的香烟。

"有道理，不过这么做老大知道吗?" 虞寥辨别不出是哪个人影在开口。

"这个我们就不要管了，反正老大要是怪罪下来，跟我们没有关系。"

"可是再怎么说她也是个女生，你我出手教训个女生，太不上台面了吧。"

"这个不用担心，看不惯林璎的大有人在，她也就只有在男生那里吃得开。那就这样定了，放假结束那天在放学路上去堵她，你再叫个哥们儿一起来撑场面。"

沉默少顷。

"哎，说实话我还真不讨厌她。"

"我也是，反正到时候轮不到我们出手。昊天，你有意见不?"

其中一个是米昊天? 虞寥一阵心惊。

"我不去，要上班。"他冷冷地说。

"好吧，好吧，每次都上班、上班。"其中一个声音显得有些不满。

谈话结束，一个身影转身走进咖啡馆的后面，看来那人是米昊天。那个抽烟的人影把烟蒂丢在了地上，用脚捻灭，然后勾着另一个人影的肩膀一同向远处走去。

虞寥站在原地回想了下他们的对话，看样子林璎要有麻烦了。她怎么会招惹到这样的人？

他掏出手机，翻到下午林璎打来时的电话号码，不知该不该按下通话键。

正在犹豫不决的时候，虞寥感觉到一只手搭到了自己的肩上。

他猛地转过头去，眼中满是惊恐，站在他身后的人竟是米昊天。

第三章

虞寥和米昊天面对面地坐在咖啡桌前。店里仅剩了他们两人，只有一盏灯还亮着，柔和的光线驱散两人身边的黑暗。

米昊天抓住偷听的虞寥后只是冷冷地说了声"过来"，随后走回了咖啡馆。虞寥踟蹰了下，跟了进去。

虞寥沉默地望着面前这个一脸冷意的男生，咖啡馆的制服穿在他身上显得尤为得体，胸前的绛红色领带微微歪了一些，正好打破了制服带来的死板印象。

被米昊天发现时的惊恐已经消散，如今心脏已经恢复了正常的跳动，他自认为不是一个胆小怯懦的人，何况现在面对的不过是一个男生罢了。

米昊天垂着眼皮，双手交叠，放在下巴处，光线和幽暗把他原本就冷峻的脸塑造得立体感十足。

"不要和林璎说。"沉默不知过了多久，米昊天抬起了眼睛开口，声音依旧是冷冷的。

"如果我说不呢？"虞寥用毫无感情的语调回答。

米昊天慢慢地闭上眼睛，复又睁开："若是和她说了，她必定不愿逃避。"

"为什么？"

他用冰凉的眼光扫了虞寥一眼："因为她是林璎。"

"你的意思是要我明明知道有人想要对她不利，却袖手旁观？荒唐！"说完，虞寥握拳在咖啡桌上狠狠敲了一下。

米昊天等他脸上的怒色渐渐散去，才继续开口道："你想帮她？"

"当然！"

"那就陪她一起放学，设法帮她躲过这次。不过千万不可事先提起这事，不然她断然不会同意。"

"为什么？"虞寥有些讶异。

米昊天的嘴角露出一丝嘲笑："因为她是林璎。"

虞寥对于这样的答案有些恼怒，但还是暗暗压制着情绪："那能否告诉我他们为什么要找林璎的麻烦，老大和铁哥又是谁？"

"你不需要知道。"米昊天垂着眼皮回答。

"我必须知道。"

"你不需要知道。"米昊天一如先前的语气重复道。

虞寥没能按压住上腾的怒火，从位置上暴起，前倾着身子，双掌拍在桌上，然后在他头顶上方三十度角的方向怒声道："我必须知道！"

米昊天保持着先前的姿势一动不动，虞寥的声音被黑暗吃了下去，只剩下两人间尴尬的沉默。

不对，尴尬的只是虞寥。米昊天甚至连这种尴尬都不予理会。

"无知者无惧，"过了好久米昊天说道，"你既然不知道，那就意味着她并不想告诉你。既然她不想告诉你，我自然不能说。"

虞寥狠狠盯了他一眼，坐回到位置上："你若不告诉我前因后果，我拒绝帮她。"

"随便你，"米昊天无所谓地说，"你若事先告诉她，或者什么都不做，她一定逃不了这次麻烦。你自己看着办吧，虞寥。"

虞寥用惊异的目光看着他，他知道自己的名字！这就是说……

"我要下班回家了，恕不奉陪。"米昊天从位置上站起，伸手关了唯一亮着的灯。

黑暗顿时把剩下的光线全部吞没，虞寥的视线中只剩下了程度不同的黑暗。

他从位置上站起，带着极度不悦的心情走向大门。

"对了。"黑暗中传来米昊天的声音。

虞寥停住脚步，盯着数米开外的人影。

"单月的事情，多谢。"他的声音从黑暗中传来，冰冷得像铁。

虞寥走出咖啡馆，重新回想了回家的路线，然后迈开步子。

哪有这种口气向人道谢的？听着像是欠了他一屁股的债似的。

"混蛋！"虞寥抬头望着满天的星斗大声骂道。

回到家中，已是凌晨。他懒得刷牙洗脸就躺在了床上，回想着在小巷中听到的对话。

林瓔的样子在脑海中浮现了出来，虽然她嘴巴挺坏，有时候出手也没轻没重，成绩似乎也不好，但说到底还算是一个不错的女生。为什么会有人特地谋划想要找她麻烦呢？并且在他们的谈话中还说到看不惯林瓔的人还不在少数。

这究竟是怎么一回事？

对话中提到林瓔扫了那个老大的面子，米昊天又不肯把前因后果如实相告。

还有，为什么米昊天说若是把听到的事情事先告诉她，她也不会选择逃避？

唯独可以肯定的一点是米昊天和林瓔的关系不错，若是没有自己的出现，他想必也会用什么办法去帮助她。但他似乎身处在与林瓔对立的阵营之中，这又是为何？

太多的为什么，虞寥找不出任何的答案。

"单月的事情，多谢。"

米昊天最后的话开始回荡在耳边,看样子他是知道了在运动会上的那一幕。是林璎告诉他的吗?

为什么他要谢自己?在病房里他仅仅向卧在病床上的单月吐了五个字就转身离去,那情形似乎像是一点都不愿见到单月,但为什么他还要特地说感谢呢?

虞寥狠狠地用双手敲了两下自己的太阳穴,然后盯着天花板。卧室的灯在天花板上映出数个圆圆的光晕。

夜,出奇的安静。

现在最主要的是得想方设法让林璎逃脱此劫。根据他们的谈话,到时候来堵林璎的人肯定有好几个,若是硬碰硬的话注定没好果子吃。要不把林璎约在学校,不让她出校门?这样她肯定会觉得奇怪,并且也想不出什么好的借口……

剩下的一天假期匆匆过去,众人返回了学校。

"早安呀。"虞寥在位置上坐下后,单月对他打招呼道。

虞寥愣了一下,随后发现脑子并没有陷入空白,看样子已经可以和她正常地谈话了。"早安,身体全好了?"

"嗯,"她笑了笑,"可以再去跑一千米了。"

虞寥朝林璎的位置望去,位置上没人,看样子她还没到。

时间一点一滴过去,班上的同学逐一走进教室。虞寥捧着书本,但却一刻不停地盯着教室门。

第一节课的铃声响起,数学老师拿着书和三角尺走进教室,但林璎的位置上依旧空空如也。

单月喊了一声"起立"，全班同学从位置上站起，有气无力地异口同声道："老师好。"

"大家把课本翻到第七十二页。"数学老师扶了下鼻梁上的眼镜，转身在黑板上开始画图。

为什么林璎还没有来学校？莫非是他们改变了计划，在上学的路上堵住了她？虞寥时不时地把目光转向窗外，看着走廊上是否有动静。

"喂，你今天怎么心不在焉的？"单月用笔戳了戳他的手肘，压低声音问道。

"第一节课都快上了一半了，林璎还没来。"虞寥小声地回答。

"大概是睡过头了吧。"单月一边在笔记本上抄写板书，一边回答。

"或许吧。"虞寥想最好是这样。

就在这时，教室门被哗啦一声推开，林璎喘着粗气站在门口，肩上的书包悄然滑落到地上，发出砰的一声。

"对……对不起，我……我迟到了。"

数学老师怔怔地望着站在门口的林璎，用慢动作的速度拿起桌上的三角尺，然后用三十度的那个角指着她说道："门外去站着，这节课你不用上了。"

班上的同学发出一阵笑声，林璎仰天长叹了一声，捡起书包，不情愿地挪动着脚步站到了门外侧的墙边。

"回来。"数学老师喊道。

林璎转身过来，脸上露出了一阵欣喜，那感觉就仿佛是一朵向阳花正要盛开。

"把门关好再去站着。"数学老师说完，啪的一声把三角尺摔回讲台。

班里哄堂大笑，林璎一脸懊恼地把门关上。

下课铃声一响，林璎就推门而入，脸阴沉得如同梅雨季节时的天气。她看也不看老师一眼，走到位置上一屁股坐下。

"林璎！还没有下课！"数学老师因为激动，手中的粉笔断成了两截。

林璎低着头，用手指指了下空中。铃声刚好结束，旁边班级下课的吵闹声随之传入耳中。

数学老师瞪了她一眼，把半截粉笔丢回粉笔槽，然后宣布："下课。"

"喂喂，月月你说，他是不是太过分了？我只不过是迟到了一会儿罢了。"等数学老师离开教室，林璎走到单月身边，像怨妇一般说道。

单月笑着不说话，从抽屉中拿出下一节课的书本。

"不是一小会儿，是整整二十分钟。"虞寥开口道。

林璎绕到他身旁："拜托，假期刚刚结束，即使迟到也是情有可原的事情嘛。"

"事实上，全班今天就你一个迟到。"叶茗凑了过来。

林璎听到是他的声音，从鼻子里不屑地哼了一声，转身走回到自己的位置坐下。叶茗给了虞寥一个无奈的眼神，也恹恹地回到自己的座位上。

整个上午，虞寥时不时地用余光瞥一眼林璎。他想着放学后她将要面对的事情，总感觉有些不真实，仿佛就像是要让一棵柳树去面对一片炽热的沙漠。

午饭过后，虞寥一个人走在操场上。离他不远处，林璎和单月正结伴而行。他想了想后跑了过去。

"下午放学后……有空吗？"他跑到虞寥两人面前，踟蹰了下后开口道。

林璎露出不解的神色："有事儿？"

"有个提议，"虞寥尽量在脸上堆起自然的笑容，"来我家吃饭，如何？"

单月和林璎面面相觑，然后一同疑惑地望着他。

"昨天心血来潮去买了一堆菜……"

"你做？"单月问道。

虞寥有些不好意思地点点头。

林璎咬了咬下嘴唇，半眯着眼睛问道："你是想约她还是约我？"

"当然是你们两人了。"

"好吧，那就尝尝转学生的手艺好了。月月，我们一起去。"林璎说着，拉了拉单月的袖子。

"今天不行呀，"单月为难地说，"已经和妈妈约好一起出去吃了。"说着，她把头转向林璎："小璎，你去吧。"

"要不改天？"林璎提议道。

"怎么能改天！"虞寥有些着急，"买了鱼，若是改天的话会死了的。"

"小璎，你去嘛，上次你不是说绝对不相信他会做菜的吗？这次正好去验证一下。"

"喂！"虞寥皱眉看着林璎，"你在背后都说了我什么坏话？"

林璎做了个鬼脸："好吧，那我就去试试好了。月月，我若进医院的话，你一定要来看我。"

"一定。"单月认真地说。

虞寥听得气不打一处来："好男不跟女斗。"说完转身离开。

这样应该就没有问题了。虞寥坐回到位置上，重新审视整个计划中是否还有纰漏。接下来只要在放学后专挑大路走，那他们就没了堵她的机会。

要是单月也一同前来就好了……不行不行，这个计划是专门为林璎制订的，若是单月也一同来的话，岂不是把她也推进了危险之中？

想到这点，虞寥不由背上一凉。原来自己并没有考虑周全，刚才竟然还约单月一同前去，还好她今晚要和她妈妈出去吃饭。

最后的问题就是得找个借口不让叶茗在放学后缠着一起走。他不愿意让叶茗也置身到危险之中，他身体如此羸弱，若真碰到了麻烦，胜算就更小了。

下午最后一节自修课结束的铃声响起，坐在讲台上的蒋老师抬起头宣布放学。

叶茗整理好书包，走到虞寥身边说道："今天我有事得去下图书馆，不用等我了。"

正好！原本虞寥还在苦恼，若是自己和林璎一起走，他一定会死缠烂打地黏上来，实在找不到足够强大的理由去支开他。

"好，没关系，那明天见。"虞寥说完，在他手臂上友好地拍了一下。

街道上人来人往，灰尘在光线中飞舞着。

夕阳像是要把整个天空点燃，绚丽得近乎是一个奇迹。

虞寥和林璎走出校门，在人流中缓步前行。

林璎望着走在身边的虞寥，心中透着丝丝的甜蜜。这个从远处而来的转校生不知为何牵动着她的心弦。他虽然俊朗，但没有帅气到惊世骇俗的地步。虽然也会说些幽默的话语，可时不时也会蹦出一些傻里傻气的话。但只要和他在一起，心就仿佛变成了一粒软软的棉花糖。

可是……

他会喜欢自己吗？

想到这里，林璎的心中泛出了一丝酸涩。她对自己笑了笑，自我安慰说："他至少不讨厌我，不然就不会叫我去他家吃饭了。"

但他会不会只是想约单月？

要是在运动会时倒在地上的是自己，他是不是也会从看台奋不顾身地跳下去救自己？

"为什么突然想要请我和单月去你家吃饭？是不是有什么企图？"林璎用不信任的眼神望着身边的虞寥。

"企什么图？中午不是说了吗，昨天去买了一堆菜，一个人吃不完来着。"虞寥解释道。

"骗人。"

"干吗骗你，我能从中得到好处吗？又不是叫你去我家给我做饭吃。"虞寥一脸无奈。

两人穿过一条马路，往常林璎就是在这里和自己挥手道别。他们是不是就在远处的一条小巷中等着林璎出现。

林璎咧嘴笑着说："若是手艺了得的话，我就三天两头去你那蹭吃蹭喝。"

"巫婆。"虞寥轻声地评价。

"喂，我能听见。"她露出不满的神情。

两人又走了大约五分钟，虞寥家所在的小区已经遥遥在望。

夕阳最后的一点光辉隐没在了地平线的尽头，暮色开始四合。风微微有些凉意。

"林璎。"一个声音从身后传来。

两人转身看去，叶茗正向两人小跑过来。

虞寥心想怎么就偏偏遇上了叶茗，罢了罢了，反正也要到家了。

"嗨，你们两个这是去哪儿呢？"叶茗跑到两人跟前，呼吸有些急促。

虞寥顿时意识到这个场面有些尴尬，他知道叶茗一直在追求林璎，现在自己却约她去家中吃饭。

"他要做饭给我吃，你羡慕吧！"林璎用揶揄的口气说。

叶茗转过头望着虞寥，眼神中充满了疑问。

"你晚上有空吗？一起来呗，"虞寥忙说，"本来单月也一起来的，可惜她有其他事。"

叶茗低头想了不到三秒，然后抬起头，眼中的疑惑被兴奋所代替："好呀。"

"才不好。"林璎低声嘀咕。

三人一同走进小区，然后来到虞寥的家中。

虞寥打开电视，给叶茗和林璎泡了咖啡，然后一个人钻进厨房开始准备晚餐。为了彻底消除叶茗对他的怀疑，他尽可能地给他们制造两人空间。

然而事与愿违，还没等虞寥把食材全部从冰箱取出，厨房门就被敲响了。

"虞寥，我来帮你。"林璎扯着喉咙在门外喊道。

虞寥没有办法，只好去把门打开。林璎走进厨房，叶茗也跟了进来。

"我来给你打下手。"说着，林璎卷起了袖子。

虞寥叹了口气，心中暗暗祈祷她不会帮倒忙。

"打算做什么菜呀？"叶茗问道。

虞寥扫了一眼拿出的食材，依次说道："都是简单的东西啦，清蒸比目鱼、油爆对虾、素鸡炒咸菜、秋葵口蘑豆腐汤。"

林璎两眼放光地拍了下手："哇，听起来好丰盛！"

虞寥摇了摇头，开始给比目鱼开肠剖肚。

"快给我安排任务。"林璎一副跃跃欲试的样子。

"那就麻烦帮忙把秋葵切一下吧。"

"遵命！"林璎走到砧板前，把秋葵一股脑儿倒在上面，然后拿起菜刀，小心翼翼地把一个秋葵竖切了开来。

"停！"虞寥把比目鱼扔在了水池中，走到她身边，从她手中夺过菜刀，耐心地说，"秋葵得横着切。"

"这有什么区别？"叶茗在一边说。

虞寥没有回答，拿过一个秋葵，用刀咔咔横切成了数段，然后一声不吭走回到水池前。

林璎看着砧板上整齐斜躺着的秋葵，惊呼道："哇，是五角星的形状。"

虞寥把清理好的比目鱼放上蒸锅，把对虾丢入盆中，开始逐一剪去虾刺。

"啊！"林璎大叫一声。

"切到手了？"虞寥忙走到她边上。

林璎捂着手指，嘴上连说："没事没事，不疼，只不过是碰破皮罢了。"

虞寥抓过她的手，看到在左手的食指的指肚上有着一个口子，正向外渗着殷红色的血。他把林璎的手指放入口中吮吸了下，一股血腥味在嘴里弥漫开来。

林璎有点惊慌地望着虞寥，胸中有种小鹿乱撞的感觉。

虞寥把她的手指从口中拿出，发现血依旧不停地向外渗，于是用吩咐的语气说："用水去冲一下，我去拿创可贴。"说完走出厨房，钻进了自己的卧室。

不一会儿，虞寥回到厨房，林璎像一个做错了事的小孩似的站在墙角低着脑袋。

"用水冲过了？"

"嗯。"她小声应道。

虞寥拆开创可贴的包装，一手抓着她的手指，一手小心地把创可贴贴在伤口处。

"好了好了，你们两个都给我老实在客厅待着，饭菜做完后你们负责吃就行了。"虞寥一边说着一边把林璎推出了厨房。叶茗则老实地跟了出去。

"成事不足，败事有余！"虞寥小声地感叹，但一想到刚才她那楚楚可怜的模样，不由暗暗发笑。

差不多一个小时，虞寥打开了厨房的门。坐在沙发上的林璎一听到动静，马上跑了过来。虞寥把菜肴一碗碗端出，三人在客厅的饭桌前坐下。

林璎闭上眼睛，用鼻子在空气中狠狠嗅了嗅："真香!"

叶茗的眼中也露出惊讶的神情，看样子虞寥的手艺也让他颇感意外。

"那我开动喽!"

林璎说完，夹了一筷子鱼肉放入嘴中，还没等咽下就连连赞道："好嫩呀，天呀，比我妈妈做得都好。"

叶茗也吃了一口，忍不住夸赞："厉害厉害。"

"明天和单月说的话，她一定会后悔死。"林璎开心地说。

"下次做给她吃好了。"

"有谁娶了你的话，就有口福了。"林璎像是自言自语地说道。

虞寥和叶茗都停下了手中的筷子，盯着她的脸。林璎一下子回过神来，眼睛在两人脸上来回移动，耳根开始热了起来……

"娶……娶他?"叶茗说完，哈哈大笑起来。

林璎这才反应过来，忙用拿着筷子的手摇了摇，解释道："一时口误，一时口误，有谁嫁给你的话就有口福了。"

天呐，真不应该叫她来吃饭，早知道就约她在外面吃算了。虞寥一脸无奈，默默低头把饭扒入口中。

吃罢饭，已经八点。三人坐在沙发上，困意开始袭来。

叶茗望着坐在虞寥边上的林璎，开口说："过会儿我陪你回家。"

"不要。"林璎想也没想就回答。

"晚上一个女生走路不安全。"叶茗坚持说。

"这才八点。"

"八点也是晚上。"叶茗渐渐加重说话的语气。

"不要。"林璎回答得相当干脆。

叶茗有些尴尬，但依旧继续说："你一个人走的话虞寥也会不放心的。"

虞寥马上帮忙附和道："是呀是呀，就让叶茗送你吧。"

"他要是担心就让他自己送嘛。"说着，林璎给虞寥一个灿烂的微笑。

虞寥望了眼叶茗，在他的眼睛中读到了一种隐隐的痛，希望他不要因此恨自己。

"他都忙了那么久了……"叶茗还是不愿放弃。

"那我就自己回家。"

叶茗叹着气闭上了眼睛，空气开始变得僵硬起来。过了十多秒，他重新睁开眼睛，对虞寥说道："那就拜托你把她送回去了。"

虞寥对叶茗的话有些惊讶，不过随即意识到他是真正喜欢着林璎，于是回答说："放心吧，保证完成任务。"

三人又休息了会儿，在八点半的时候动身离开。

夜已经浓到了相当的程度，薄薄的雾游走在寂寥的街上。

路灯的光在氤氲中显得有些力不从心，偶尔擦肩而过的行人，一个个看上去都像是心事重重。

叶茗在一个十字路口道别，融入了黑暗之中。

林璎转过身，倒走着说："好了啦，讨厌鬼已经走了，你也回去吧，明天见。"

"我可是答应叶茗要完成护送任务的，不然你有个三长两短我怎么跟他交代呀。"虞寥调侃着说。

交代……难道他送我回家只是为了给叶茗一个交代？林璎的脸阴了下来，但由于黑夜的关系，虞寥没有察觉。

两人默默地走着，转进一条弄堂后唯一的光源便是从头顶泻下的清冷的月光。

林璎抬头望了望天空，有几片薄云，下弦月挂在天幕的东侧。

"马上就到家了，你回去吧，不然到时候在弄堂里绕不出去哦。"她把仰着的头低下，看着身边的虞寥。

"你是怕我知道你的住址？"

"才不是嘞。"

"那就陪你走到家嘛，都走了那么多路，不差这么一点。"

好温柔……他是不是对谁都会这样？

林璎有些希望此刻自己迷了路，那就可以和他再多待一会儿了。可是只要再拐一个弯，就到家了。

"我们的林璎小姐终于回来了呀，还有人护送呀，这待遇还真不是一般的好。"一个女生的声音从不远处传来，五个人影从墙角走了出来。

"说给我们听听，这婊子是怎么勾搭上你的。"

虞寥心中咯噔一下，怎么九点多了他们还会在这里堵林璎？

五个人影慢悠悠地向他们走来，借着月光可以看出为首的是一个穿得相当朋克的卷发女生。

林璎望了眼身边的虞寥，紧锁起了眉头。看样子他们是有备而来，和解是不可能的了。要是按照自己原本的风格，即使是一对五，她也无所畏惧。但今天有虞寥在场，她不想让他看见这样的自己。

怎么办？

林璎虽然心中焦急，但依旧开口道："原来是绿依姐呀，今天手机忘在家里了，这是找我有事儿？"

虞寥观察着四周，除了来路，二十米开外还有一条向左的小巷。可是小巷能通向哪里他却不知，再者对面有五个人，想要顺利逃走绝非易事。他不动声色地把手伸进裤袋，解开手机的按键锁。

"这位小哥怎么不打个招呼呢？"那个被林璎称为绿依姐的女生吊着嗓子说道。

"有事跟我说，让他走。"林璎的声音瞬时变得如同磐石一般坚硬，眼神中酿起一阵风暴。

"什么时候变得这么小气了？只不过是打个招呼罢了。"

"快走。"林璎拉了下虞寥的裤子，小声说。

虞寥假咳了声，朝那女生走去："在那么多男生面前，和女生说话有点不太习惯。"

那女生似乎没有预料到他会这样向自己搭话，一时间没能答上话来。

虞寥走到她的面前，看着月光下她浓重的眼影问道："喜欢Green Day（美国著名的一支朋克乐队）吗？"

"什么？"那女生不解。

虞寥笑了下，心想既然连 Green Day 都不知道，何必打扮成这副模样。他把双手放到女生肩上，然后猛抬膝盖撞在她的肚子上。女生哀号一声，向后退了两步，双手紧紧捂着肚子，看起来十分的痛苦。

"快！跑！"虞寥转身抓起林璎的手腕，跑向那条小巷。

站在女生后面的四个男生一时间没能反应过来，直到虞寥和林璎跑进了小巷，其中三个才拔腿追了过去。

"你带路。"虞寥边跑边说。

"这路没有出口。"林璎回答。

死路？不会吧！虞寥转身向后看了一眼，三个人影从远处追来。

林璎带着虞寥拐进了小巷中的一个岔道，远处追来的脚步声渐渐靠近。

怎么办？虞寥向四处张望，把目光放在前方拐角右边的住宅楼，说："躲到楼梯里去。"

"好。"

两人跑到拐角，迎面看见了四个人影。那四人看见喘着大气的虞寥和林璎，慢慢围了过来。虞寥收住脚步，心中暗叫倒霉。没想到竟然还有一拨人。他打量着来者，其中的两人手中拿着玻璃酒瓶。

"天呐，你究竟是什么人物？怎么还有人来堵你？"虞寥喘着气问。

四人又走近了一些，林璎小声说："我不认识他们。"

"真的？"

林璎在昏暗中又扫了一遍四人的面孔，确切地说："这几个人，我一个也不认识。"

虞寥向四人身后看去，百米开外就是巷子的尽头，立着一堵两米多高的墙。不少杂物堆在一侧的墙角。墙外能看到路灯，应该是一条街道。远处又响起了脚步声，那三人应该拐进了岔道。

一股凉意从虞寥的脊梁骨往上爬，他抑制住心底的恐惧，向前走了一步，装出毫不在意的口气说："嗨，朋友，想不想见见我的好伙伴？"

其中一个人走到虞寥面前，半歪着脑袋喝了一口手中酒瓶里的啤酒，然后带着酒气说："什么伙伴？"

虞寥从裤袋中掏出钱包，从中抽出两张红色的一百元："毛爷爷，我想你和他的关系应该很熟吧。"他把钱在那人的小臂上轻轻拍了拍，然后附到他的耳边轻声说："大哥，做个交易。帮我挡一下后面追来的人，就一分钟。"

那人看了眼虞寥手上的钱，又看了看站在一旁的林璎。

虞寥把钱塞到那人手中，然后在他的胸膛下拍了下："你这可是在英雄救美。"说完，转过身拉起林璎，向巷子的尽头奔去。

"死路。"林璎提醒道。

"翻墙！"虞寥把她推到墙角的杂物前。

那四个人影原地站着不知说了些什么，然后一起消失在了拐角处。

"快！快！"虞寥在下面托着已经爬上杂物的林璎。

她站在杂物的最上方，撑着爬上了墙。"虞寥，快上来。"她转身对他喊道。

虞寥把她的书包丢了上去，然后用不可忤逆的语气说："你先跳下去。"林璎看了他一眼，从墙上跳了下去。

虞寥向后退了几步，助跑着跨上了杂物，然后用力一蹬，双手撑着爬上了墙。杂物发出一声轰响，七零八落地散在了地上。拐角处隐隐传来有人争执的声音，他向后望了一眼，从墙上跳下。

两人沿着大街又跑了好久，才停下脚步。

"又跑了个一千五百米。"虞寥用双手撑着两膝，衣服沾着汗贴在身上，黏糊糊。

"对不起……"林璎看着他，眼睛中闪出莹莹的泪花。为什么这些会让虞寥碰到？

虞寥喘着粗气，抹了抹额头上的汗，问道："回家的路就刚才一条吗?"

林璎咬着嘴唇点了点头。

"现在回去太过危险了,他们追丢了我们,势必会到你家楼下去守株待兔。要不打个电话叫你爸妈下来接你?"

"他们今天都不在家。"

虞寥摸着下巴想了想:"那就给他们打个电话,今晚你就暂睡在我家吧。"

他的口气不容否定。林璎点了点头,心中被幸福感慢慢填满。

回到家中,虞寥从橱柜里拿出一床被褥丢在沙发上。

"你睡我的床吧。"

"没关系,我睡沙发好了。"站在一旁的林璎说着在沙发上坐了下来。

他把目光丢在她的脸上,一本正经地说:"要不睡床,要不睡厕所,自己看着办。"

林璎扑哧一声笑了出来,用温顺的眼神看着他。

"刚才出汗了吧,去洗个澡吧,新浴巾给你放在洗脸台上了。"

林璎走进浴室,不久传来洗澡的水声。

虞寥从冰箱里拿出几块冰块,给自己倒了一杯威士忌。

夜风从打开的窗户吹入,带走脸上因酒精而产生的温度。

夜空一片岑寂,唯独星辰不甘寂寞地眨着眼睛。

虞寥实在想不明白为什么自己花费了这么大心思所做的计划依旧失败了，还好一切有惊无险，损失的不过是两百元钱。

他想等她洗完澡出来后问她这究竟是怎么回事，但米昊天的话却在耳旁回响。

"你既然不知道，那就意味着她并不想告诉你……"

虞寥喝了一口威士忌，怔怔地望着窗外的那盏路灯发呆。

"我洗完了。"林璎洗完澡走了出来，用浴巾擦着头发。

虞寥把玻璃杯放在茶几上，笑着说道："那轮我了。"

温暖的水流冲在身上，荡涤着疲劳。

躲过了今天，那明天怎么办呢？还有后天，大后天……虽然自己只是用膝盖撞了那女生的肚子，除了一时的疼痛之外不会有任何别的伤害，但她一定已经对自己恨之入骨了。此刻她一定在满肚子盘算着报复的计划。

看样子想要解决这个问题还得去找一回米昊天。

洗完澡走出浴室，林璎正坐在沙发上专心致志地看电视。他走到边上坐下，电视屏幕中正播出一档智力问答节目。

主持人用平稳而缓慢的语气念着题目，下面著名宫殿哪个位于英国：

A 故宫 B 凡尔赛宫 C 白金汉宫 D 克里姆林宫

林璎转过头看着虞寥："哪个？"

"C。"虞寥答道。

"那 B 呢？"

"法国。"

"D 呢?"

"苏联。"

虞寥说着拿起茶几上的玻璃杯,然后纠正道:"是俄罗斯。"

"厉害。"林璎露出钦佩的神情。

"你喝了我的酒?"虞寥望着玻璃杯问道。

"没有呀。"林璎否认。

他不相信地弯下腰凑到她的脸旁嗅了嗅,能闻到威士忌的气味。

他的脸离自己那么近,甚至能感觉到他的呼吸。不知道是不是因为刚才喝下的那口威士忌,她的心跳开始加速。

"少骗我了。"虞寥直起身看着两颊微微发红的林璎。

她露出投降的表情:"只喝了一小口。"

虞寥在她身边坐下,浅浅地喝了一口威士忌。他想开口问她关于晚上的事情,但努力了几次,依旧没能问出口。

林璎从他的眼中读到了疑问,但此时此刻她还无法把一切都全盘托出。一种内疚感像藤蔓一般把她缠绕起来,但她不知道该怎样说出口。

她只有一遍遍在心底默念:对不起……对不起……对不起……

虞寥从沙发上拿过遥控器,按下关闭的按钮,然后说:"差不多去睡吧,明天可由不得你睡懒觉。"

林璎乖乖从沙发上站起，走进了他的卧室。数分钟后，卧室的灯悄然熄灭。

虞寥也关了客厅的灯，独自一人坐在黑暗中一口一口地喝着威士忌。

酒精如同一匹脱缰了的疯马，在血管中来回奔驰，把一股股的热流散到四肢中。

夜，悄无声息。

耳边传来水滴落的声音，或许是幻听。

虞寥喝完杯中的威士忌，摸黑走进厨房把玻璃杯洗干净，然后回到沙发上躺下。

他面朝着沙发的靠背，把脸埋进了被子之中。时间缓缓流淌，但睡意却丝毫没有降临的意思。

他从沙发上坐起，打开手机确认了时间，再过十五分钟一天就要结束了。

既然毫无睡意，虞寥所幸走进厨房开始烧水泡咖啡。

等水开的时间里，他闭上眼睛，脑海中第一个浮现出的人是单月。他庆幸今天她没有来，若是把单月卷入今晚这样的状况，自己一定会追悔莫及的。

速溶咖啡的香味随着热水的灌入而散发开来，虞寥捧着咖啡杯走到卧室门口。门虚掩着，他悄悄推入。在黑暗中他可以看见林璎蜷曲着双腿躺在床上，一只手垫在脸的下方，若有似无的呼吸声轻轻拨动着空气的琴弦。

她已经进入了睡梦的沼泽。

走出卧室，虞寥重新把门掩上，然后走到窗前。透过咖啡袅袅上升的热气向外望去，整个世界有着一种淡淡的不真实感，仿佛是一幅画。

唯一的路灯孤独地亮着，虞寥感觉到一丝伤感。

一个人影站在路灯之下，拖着长长的影子。虞寥一边喝着咖啡，一边盯着那个人，已经快到凌晨，他为什么在路灯下一动不动地站着？

渐渐的，虞寥感觉到有些蹊跷，一个人的身影从脑海中显现出来。

莫非……

他把咖啡杯放在茶几上，打开了客厅的灯，然后跑回到窗前。

那个人影依旧站在那里，不过却扬起了手臂。

第四章

　　虞寥走到了门外，轻轻把门关上，尽量不发出大的声响，然后小跑着下了楼梯。

　　那个人影依旧一动不动地站在路灯下面，仿佛知道虞寥会去找他。

　　一种宿命般的气息在夜空中静悄悄地流动着。

　　虞寥跑到路灯下，他猜得没错，那个人影果然是米昊天。一个疑惑从心中冒起，他怎么知道自己家的地址？难道昨晚他有跟踪自己？

　　站在路灯下的米昊天看起来让人觉得十分孤傲，仿佛像是黑夜中的一只孤鹰。

　　虞寥走到他面前，心想他半夜十二点来找自己，势必是因为林璎。

"大概的我已经知道了，"米昊天把左手从风衣口袋中掏出，捋了下耳旁的头发，声音依旧像上次一样冷淡，"你再仔细说一遍经过。"

虞寥对他的态度感到十分不满，几个小时前自己拼着命才带林璎逃脱了那五个人，他却连声感谢也没有。但是有很多事情必须从他的口中才能得到答案，于是虞寥只好压住不满，一五一十地把自己原先的计划和在送林璎回家时遇到的情况说了一遍。

米昊天一声不吭地倾听着，脸上没有任何表情。

等虞寥说完，他从风衣口袋中掏出右手，拿出了钱包，打开后抽出两张一百元递到虞寥面前："这个给你。"

虞寥看了一眼钱，冷笑了一声："这是补偿损失？"

米昊天想了想，又掏出两张一百，重新再递到他面前。

"加上报酬？"虞寥猛地从他手中把钱抽走，一甩手啪地甩到了他的脸上。

四张红色的百元钞飞舞着从空中落到了地上。

空气开始凝固。

米昊天缓缓蹲下身体，把散落在地上的纸钞一张张捡了起来。虞寥下垂着眼帘看着他的动作，眼神中充满了鄙夷。

米昊天站了起来，把钱折好塞入风衣的袋中，然后转过身向远处走去。

虞寥也想转身离去，但心中的问题还没找到答案，于是叫住他："站住，还有事情问你。"

米昊天没有理睬他，依旧一步步走出了灯光的范围。

可恶！虞寥握紧了拳头，恨不得上去给他一拳。可是心中的问题必须得到解答，这个关系着林璎的安全。他追上前去，一把抓住米昊天的肩膀说道："今天的躲过去了，那明天呢？我不可能每次都带着她化险为夷。"

米昊天停住脚步，两秒后挣脱了虞寥抓在肩上的手，继续向前走："放心，这件事情已经告一段落，他们几个人不会因此再找她的麻烦。"

虽然不知道原因，但听米昊天的口气可以知道他并没有说谎。虞寥站在原地，看着他的背影渐渐融入黑暗。

"你是不是喜欢林璎？"在他即将在黑暗中消失时，传来了冷冷的声音。

虞寥愣了一下，回答说："不。"然后想了想下定决心开口道："你是不是喜欢单月？"

沉默持续了大约五秒，然而对于虞寥来说，仿佛像是过了整整一个世纪。

"不。"他在黑暗里回答。

五月的脚步毫不迟疑地走到了终点，天气一日暖似一日。

学校花坛里矮矮的栀子花长着青郁的叶片，几个花骨朵小心翼翼地藏在其中。

就要进行期末模拟考了，班上的气氛有些紧张。

单月依旧早早地来到学校，安静地坐在自己的位置上自习。

虞寥走进教室，手上提着一个袋子，里面是自制的寿司。昨天林璎在一本杂志上看到了寿司的照片，然后吵着闹着说想吃，最后就把这个任务丢给了虞寥。

虞寥走到位置上坐下，从袋子中掏出一个小号的便当盒，递到单月面前："这个是给你的。"

单月接过便当盒打开，躺在里面的手卷寿司被整齐地切成厚薄均匀的小片，看起来可谓是赏心悦目。

"哇，好漂亮。"单月忍不住赞叹。

听到她这么说，虞寥露出了不好意思的笑容。

"月月！节日快乐！"林璎用百米冲刺的速度冲进教室，然后一个急刹车停在了单月的桌边。

"给，这是礼物。"单月从抽屉中拿出一个包装好了的小礼盒，递了过去。

林璎没有接过，而是卸下了书包开始埋头找东西，片刻后拿出了一个相框："这个是给你的。"

两人互从对方手中拿过东西，然后相视而笑。

虞寥看着单月手中的相框，里面放着一张林璎和她的合照，两人都扮着极其滑稽的鬼脸。

林璎站在一旁把礼盒的包装拆开，里面是一瓶香水。她在空中喷了一下，闭上眼睛缓缓吸气，然后一脸享受地说："这个味道好喜欢。"

香水的味道确实很好闻，带有一股淡淡的甜味。虞寥的眼神在两人的身上来回移动，疑惑道："你们两个在搞什么鬼?"

林璎从单月桌上的便当盒中拿起一片寿司放入嘴中，咀嚼了几下后咽下："味道不错嘛。"

单月低头又从抽屉里拿出一个较之先前更小的礼盒，双手拿着递到虞寥面前："儿童节快乐，这是你的礼物。"

"儿……儿童节?"虞寥想起来今天确实是六月一日，但是……

"还有我的。"林璎说着又把脑袋埋进了书包里，然后掏出一个酒瓶。

虞寥惊讶地接过酒瓶，看着瓶身上的商标——JOHNNIE WALKER（一个威士忌的品牌）。

"本来还以为赶不上儿童节了，还好昨天快递到了。"林璎说道。

"可是……我没准备礼物……"虞寥看着摆在桌上的威士忌和礼盒，脸上露出了尴尬。

单月微微一笑："你不是做了寿司给我们吗，这就是礼物呀。"

"我的呢?"林璎说着把手伸了出来。

虞寥忙从袋中掏出另一个便当盒，放在她手里："因为原料不足，所以没能做出好的寿司来。"

"算了，反正本来就没对你抱有希望。"林璎边说边打开便当盒，抓了一片放进嘴里。

"等下，"还没等虞寥说完，她已经把寿司一口咽下，"等下，还没给你酱油。"说着他从袋子中掏出昨天放学后跑了数家商场才买到的寿司酱油。

林璎红着脸一把抓过酱油瓶，回到了位置上，嘴上还嘟囔着什么。

虞寥把威士忌放进抽屉，开始拆单月送的礼物。礼盒打开后，里面躺着一条手机链。手机链的顶端挂着一个小小的水晶做的月亮。他拿出手机，把手机链挂上，然后转头看着一直盯着他的单月。

"谢谢。"他轻声说。

"喜欢就好。"她露出一个明亮的笑容。

喜欢！喜欢得不行！

虞寥望着那个水晶的小月亮，心中感觉到了无限的温柔。

中午在食堂吃完饭，虞寥一个人在操场上溜达，叶茗则先回了教室。这几天中午操场上的人少了许多，大概是都回到教室争分夺秒地去准备即将到来的期末模拟考了。

虞寥在操场上走了两圈，天开始下起蒙蒙细雨。他还不想这么早回到教室，于是沿着教学楼一楼的走廊向北面的楼梯走去。

教室基本都坐落在教学楼的南面，北面则是老师的办公室，所以学生在上下楼时很少用到北面的楼梯。

虞寥一步步慢慢地爬着楼梯，插在裤袋中的手反复抚摸着手机链上的那个水晶月亮。

一个念头从他的脑中划过，他猛甩头想把它忘掉。

但那个念头却越来越清晰，仿佛是早已潜伏在了那里，一直等待着此刻这个契机。

期末模拟考之后向她表白吧……

虞寥在楼梯的中央停下了脚步，脑中的思维开始变得混乱起来，心跳也开始加速。

若是她拒绝的话该怎么办？想到这里时，虞寥的脑中浮现出了米昊天那张让他不快的脸。

虽然米昊天说他不喜欢单月，可那是真的吗？即使如此，那单月是不是喜欢他呢？想起那天米昊天离开病房后单月那空洞的眼神，虞寥的心开始阵阵紧缩。

"这不是虞寥吗？"一个声音从楼梯上传来。

虞寥回过神，抬起头向上看去，蒋老师正从楼梯上走下来。"蒋老师。"他打招呼道。

"别瞎晃悠了，快期末模拟考了，回教室去吧。"蒋老师说着跟他擦肩而过，走了下去。

虞寥收拾了下心情，不再去想那个念头，一步步拾级而上。

走到二楼到三楼的楼梯上时，头顶处传来了说话声。他仔细辨别了下，那两个声音是林璎和叶茗。

"不要。"林璎干脆地说。

"节日的礼物嘛，收下吧。"叶茗的话中有着一点哀求的成分。

"你才过儿童节呢，没别的事的话，我就回教室复习了。"

"特地为你买的。"

"谢谢，但我不需要。"

"你都没看一眼怎么知道不需要？"

"你为什么还不明白？我这样是为你好，请不要在我身上多花费心思了。"

"你会喜欢我的。"叶茗的语气很坚决。

林璎没有回答，头顶传来她离开的脚步声。片刻后，另一个脚步声也渐渐远去。

虞寥不禁佩服起叶茗那屡战屡败屡败屡战的精神，若是换作自己，一定不会有这么一份坚持。

他估计林璎和叶茗都回到了教室，才继续上楼。

下午的最后两节课学校安排高二年级去体检。学生按照学号分组去进行各个项目的检查。虞寥和叶茗因为都是转校生，所以被分在了一起。两人按照手中体检表里的顺序依次排队进行检查。

整个体检大厅熙熙攘攘，医生用单调的声音重复着各种检测指令。

"林璎送你礼物了？"叶茗望着体检表用不经意的口气问道。

他为什么会知道？早上她送自己礼物时叶茗还没有来教室呀。问题很简单，但虞寥却不知怎样回答才妥当。对了，一定是别的同学在课间讨论时他听到的。林璎送自己一瓶威士忌，这自然能成为同学课余的谈资。

"是呀，一瓶威士忌，说是儿童节的礼物，"虞寥想了想后回答，"单月也收到了，我们都高二了，居然还过儿童节，说起来简直觉得荒唐。"

叶茗把视线转到他的脸上，笑着说："被你说得好像傻里傻气的样子，我也给她准备了礼物。"

"哦？什么呀？"虞寥装出不知情的样子。

"这个。"说着他从口袋中掏出一个巴掌大的盒子。

虞寥从他手中拿过盒子，然后打开，里面躺着一条小巧精致的项链。

"银的？"

叶茗摇了摇头："铂金。"

虞寥的手抖了一下："这个……花费不菲吧？"

叶茗笑了笑，笑容里带着满满的自嘲和苦涩："可惜她看都没看一眼就拒绝了。"

虞寥不知道该如何接话茬，好久后才憋出一句："她慢慢会明白的。"

"哈哈，英雄所见略同，"说着叶茗把手搭在了他的肩上，"总有一天她会明白任何人都比不上我对她的喜欢。"

虞寥勉强地笑了笑，试图把话题变得轻松一些："是呀是呀，你对她的喜欢连全世界所有的大海加起来都比不上。"

"虞寥，你帮我个忙行不？"叶茗把盒子合拢，揣回到口袋中。

"当然，力所能及的话。"

"这份礼物能由你转交给她吗？"

"这个……"并非是虞寥不愿意，而是他觉得这样做并不太妥当。

"没关系的，若是她不收的话就不要勉强。"叶茗笑着又掏出了盒子，塞在了虞寥的手中。

既然他已经那样说，若是再推辞的话他难免会有其他的猜想，于是虞寥把装有铂金项链的盒子放进了口袋。

"听同学说单月也送你礼物了？送什么了？"

虞寥心中暗暗咒骂，班上到底是哪个家伙这么多嘴。"一条手机链。"说着他掏出手机，水晶的小月亮在空中闪着片片的光亮。

"不错嘛。"叶茗露出羡慕的神色。

"你是不是在幻想林璎送你礼物的场景呀？"虞寥开玩笑说，"说说，你想收到她什么礼物？"

叶茗陷入了沉思，半晌后露出坏坏的神情，小声说："Kiss。"

"美得你！"虞寥说着，在他胸前给了他一拳。

放学时，叶茗投来一个意味深长的眼神，虞寥知道他是在提醒自己转交项链的事情，于是轻轻地点了下头。

虞寥和林璎一同走在回家的路上，他思索着该怎样向她开口。

进入六月，天暗得渐渐晚了起来。

蒙蒙的细雨时下时停，街上只有寥寥数人撑着雨伞。

空气中有青草的香味。

林璎时不时开着玩笑，虞寥虽然听着，但心中一直惦记着那条项链。或许是叶茗锲而不舍的精神打动了他，他倒是非常希望林璎能和他成为一对。可惜，爱情是旁人勉强不来的事情。

想到这里，虞寥的眼中掠过一抹忧伤。

"那个……"眼见就要和林璎分开走了，虞寥终于开口道，"叶茗说他想送你一份礼物。"

"知道。"林璎语气中的兴致顿时减到了冰点。

"是项链。"虞寥勉强继续着话题。

"哦。"她淡淡地应道。

虞寥用手挠了挠后脑勺："他希望你能收下。"

"这和你有什么关系？"林璎微微提高了嗓门，眼神中显现出了愤怒。

虞寥看着她的样子，不知道该不该继续说下去。但若是到此为止的话，就辜负了叶茗对他的期待。于是他咽下一口唾沫，继续说道："本来跟我是没有关系呀，但是他说不死心，所以希望能由我转交给你。"

"然后你就答应了？"

虞寥看着她眼中逐渐升腾起来的怒火，迟疑地点了点头。

林璎怒瞪着眼睛，狠狠地说："行！给我！"

虞寥不知道她为什么要发这么大的火，难道是自己有什么话说错了？

"愣着干吗？快给我！"林璎恶狠狠地催促道。

虞寥用慢动作的速度从上衣口袋中掏出那个盒子，眼睛中充满了疑惑。林璎一把从他手中夺过盒子，转头就跑着穿过马路。一辆迎面驶来的汽车连忙急刹车，司机从窗口探出脑袋高声叫骂。

眼泪忍不住地从林璎的眼中溢出，滴滴落在地上跌成了碎屑。

为什么？为什么？为什么？

为什么送礼物的不是他自己？

他明明知道自己不喜欢叶茗，为什么还要帮着他？

虞寥，你这个笨蛋！你怎么什么都不明白！

不知道是不是因为跑得太快，她的胸口如撕裂般的疼痛，仿佛有人用一把锯齿划开了她的胸膛。

但她还是跑，拼命地跑。

路人纷纷侧目。

跑到她家楼下，胃中一阵翻江倒海。林璎扶着墙，把胃里的东西都吐了出来。吐完后，她站在楼梯口，打开了一直被她紧紧握在手中的盒子。一条铂金项链闪着银色的光辉印入了视野，她看着项链，哭得泣不成声。

接下去整整两天，林璎对虞寥都不理不睬，仿佛两人就从未相识过。

虞寥把林璎收下项链的过程告诉了叶茗。叶茗欣喜若狂，执意在放学后请他去餐馆吃了一顿。

第三天的早晨，虞寥早早地起了床，然后徘徊在校门口。

天色随着时间渐渐亮了起来，悬铃木的树叶在清爽的晨风中簌簌作响。

学生背着书包逐一走进校门，虞寥则在人群中搜索林璎的影子。

终于，他看到了林璎远远背着单肩书包出现在了视野的远处。他小跑着过去，挡在她的面前。

林璎看了他一眼，脸上没有任何表情，然后绕过了他继续向前。

虞寥在她擦肩而过的瞬间闻到了单月送给她的那瓶香水的气味。他努力摆出讨好的笑容，然后后退着重新挡住她的去路。

"喂喂，我的林大小姐，需不需要整天把我当作陌生人呀?"

林璎抬眼瞥了他一眼，淡淡道："需要。"

"好啦，别生气了行不?"说着，虞寥卸下书包从中掏出一个便当盒递到她面前，"这个给你赔罪。"

"什么?"她依旧淡淡的语气，但从眼神中可以看出有什么东西融化了。

"还是寿司啦，不过这次特地用了吞拿鱼。"虞寥抓过她的手，掰开五指，把便当盒放在了她的手掌上。

"原谅我吗?"

两人的关系在虞寮的努力下冰释,生活依旧回归到了原先的轨道中。

期末模拟考落下了帷幕,所有人都趁着分数还未出来的这个间隙释放压抑已久的活力。

晚上十点。

夜已经黑得相当纯正。

虞寮开了林璎在儿童节时送他的那瓶 JOHNNIE WALKER,杯中加了冰块一口口地品尝。次日是周六,不需要上课,那也就意味着可以睡上一个懒觉。考试一结束,虞寮唯一想要的就是能好好睡上一个懒觉,一直睡到中午才起床。

他一边喝着威士忌,一边百无聊赖地换着电视机里的频道。

摆在茶几上的手机开始振动,他看着屏幕上的来电号码,是母亲,于是按下了电视机遥控器上的关闭按钮,接起了电话。

"妈。"他对着电话轻轻叫了一声。

"已经睡了?"电话那端传来母亲温柔的声音。

"还没,在看电视。"说完,他举杯把一小口威士忌含入嘴中,感觉着那种特有的芬芳。

"最近怎么样呀?"

"考试刚刚结束。"因为口含着威士忌,他不能把每一个字都吐清楚。

"成绩没问题吧?"

他咽下口里的威士忌，心想母亲每次打电话过来都是同样的套路，于是回答说："成绩还没出来，应该马马虎虎吧。打电话给我究竟有什么事情？"

母亲陷入了沉默，只剩下无线电低低的噪音响在耳旁。

虞寥从沙发站起走到床边，天上没有星星，月亮孤独地悬挂在一角。

"明天是你的生日……"母亲的声音重新传来。

生日……生日……虞寥这才发现自己把自己的生日忘得干干净净。

"那个……已经有安排了吗？"母亲的声音听起来小心翼翼。

"没有，"虞寥回答，"过生日什么的最麻烦了。"

母亲再次陷入沉默，在电话的那一头思考着，过了会儿说道："叔叔想给你办一个派对，你看……"

"不要。"虞寥没等母亲说完就否定道。

"你可以叫上你的同学，妈妈会来接你们，晚上结束了之后再把你们送回来。"母亲略略加快了语速，仿佛是在徒劳地追逐着什么。

"不要。"虞寥回答得相当干脆。

"那……妈妈过来陪你吧。"

"不用了，"虞寥走回到沙发前，尽量让自己的语气显得和善一些，"考试刚刚考完，明天就想好好睡个懒觉，晚上若是心情好的话就叫朋友一起出去吃饭。"

"好吧，那妈妈祝你生日快乐。"母亲的语气中有着无奈，也有着悲伤。

"晚安，妈妈。"虞寥挂下电话，仰起脖子一口把杯中的威士忌一饮而尽，然后啪地把杯子拍在了茶几上。还未融化的冰块从杯中蹦了出来，骨碌碌滚到了地上。

空气中的灰尘像是受惊了一般乱糟糟地扰动着，虞寥站起来，走进卧室躺在了床上。

只想沉沉睡去……

早晨醒来时还只有八点。虞寥起床上了个厕所，然后返回到床上继续闭上眼睛。

今天是生日，那就好好奖励自己一个懒觉吧，要一直睡到下午才起床！

但是生日愿望没能达成，十一点刚过，就传来敲门声。

敲门声锲而不舍地响着，仿佛来者已经知道门内一定有人。

虞寥皱着眉头起了床，穿着拖鞋不情愿地把身体挪到门口，把门打开。

"生日快乐！"门外的几个人异口同声地说。

砰砰砰……

迎面飞来无数闪光的纸屑。

虞寥被吓了一跳，怔怔地站在原地，任由纸屑撒在头上。睡意顿时飞到九霄云外，但脑子却陷入了一片空白。过了好久他才反应过来，站在他面前的是单月、林璎和叶茗。

"这家伙竟然还没起床。"叶茗用嘲笑的口吻说。

"简直就是头猪嘛。"林璎少有地附和道。

单月没有出声,脸上带着如盛夏睡莲般的笑容。

虞寥不好意思地挠了下鼻尖,把三人让进屋内。

林璎把蛋糕放在桌上,然后站到酒柜前像是确认着什么。

"他喝过了。"叶茗站在她身旁用手指着酒柜的一角。

林璎顺着他的手指看去,她送虞寥的那瓶 JOHNNIE WALK-ER 确实已经开启,于是脸上露出了满意的笑容。

虞寥从一侧偷偷观察叶茗的神情,发现他的眼神如同一个幽黑的洞穴,深不可测。

"好啦,那我们开始吃蛋糕吧。"林璎说完扑到桌前,把蛋糕的包装打开。

"我先去洗脸刷牙。"虞寥说着走进了洗手间。

刷牙的时候他看见镜中的自己才意识到刚才自己在他们面前竟然只穿着邋里邋遢的睡衣睡裤,头上还顶着一个类似鸡窝一般的头型。

天啊!这也太糗了吧!

他打开洗手间的门,悄悄穿过过道溜回自己的房中,脱去睡衣睡裤,然后打开衣柜想到底穿什么。

正在这个时候,卧室的门外传来林璎的声音。

"月月,上次我就是睡在这里,想看看不?来来来。"

话音刚落,卧室的门被砰一声推开。虞寥刚想出声制止,林璎已经熟门熟路地打开了电灯的开关。

虞寥仅穿着一条内裤看着站在门口的林璎和单月，脑子顿时像是被人用木棍狠狠敲了一下，一种晕眩感席卷了全身。

林璎愣了大约五秒，然后开始仰天长笑。单月也没能忍住，掩着嘴悄悄退到了门外。

快……快关灯……

虞寥想要出声，但却感觉自己就像是被石化了一般，全身上下没有半个细胞听从大脑的指挥。

林璎笑得肚子发痛还是无法停下，双手捂着肚子倒在地上，还不时地发出无法抑制的笑声。单月见状又悄悄地闪了进来，掩着嘴关了灯。

随着视线的变暗，虞寥身上的石化魔法减小了威力。他忙从衣柜中扒出一件衣服，胡乱穿上，然后再坐到床边穿上裤子。

林璎依旧躺在地上，整个人因为笑得太过厉害而蜷缩成了虾的形状。

虞寥走到她的边上，用脚尖踢了踢她的小腿，懊恼地说："起来，别装死。"说完伸手打亮了灯。

林璎挣扎着从地上站起，嘴里不停地喘息，眼中全是因为大笑而挤出的泪水。她用袖子抹了抹双眼，抬起头。目光一落到虞寥的身上，又忍不住大笑起来，整个人软软地又倒在了地上。

虞寥看着她的样子，心里恨不得拿苍蝇拍来拍死她。

单月听见林璎又开始大笑，只好走了过来，但目光一落到虞寥身上，也忙用手捂住了嘴巴，笑得蹲下了身体。

虞寥露出疑惑的表情，低头看了看自己，这才发现一条蓝白相间的三角内裤被夹在裤子和上衣之间。他忙把内裤抽出，丢进衣柜，然后一屁股坐在了地上。

为什么会发生这种事情……

他简直希望找个窨井盖钻下去，接下来的一辈子都生活在下水管道之中。

大约过了十分钟，林璎总算是从地上爬了起来，然后走到虞寥的身旁像是安慰地拍了拍他的肩膀。

"好啦，再笑下去邻居就要投诉了，蜡烛已经点上了，都出来吧。"叶茗的声音从客厅传来。

林璎在昏暗中拉住虞寥的手，把他拽了起来，两人一同走回客厅。

四人围坐在饭桌前，蛋糕上点着十六根蜡烛。林璎起头开始唱《生日快乐》歌。

"许愿吧。"唱完后林璎说。

虞寥机械地闭上眼睛，他还没从刚才的糗事中回过神来。

"喂，这么久还没许完？别那么贪行不行？"林璎说着用手指戳了下虞寥的太阳穴。

虞寥睁开眼睛，茫然地望着蛋糕。

"笨蛋！吹蜡烛。"林璎催促道。

他凑到蛋糕前，把蜡烛吹灭。

叶茗给林璎和单月使了个眼色，然后缓缓地把蛋糕上的蜡烛一根根拔起。当最后一根蜡烛被拿走后，林璎和单月各伸出一只手，把虞寥的整个脑袋一下子按进了蛋糕之中。

虞寥一下子回过神来，鲜奶如同挤牙膏似的钻进了两个鼻孔之中。

林璎和单月一起使劲，足足让他的脸在蛋糕中碾了十五秒。

虞寥从蛋糕泥中扬起头，伸出舌头在嘴唇边舔了舔。叶茗悄悄把烂了的蛋糕挪到自己跟前，生怕虞寥用来报复。

三人看着满脸蛋糕的虞寥，露出了计谋得逞的快意表情。

虞寥把眼睛睁开一条缝，把视线落在一脸得意的林璎身上。他知道这一切的主谋一定就是她。他的嘴角浮现出一丝邪恶的笑意，然后整个人扑向了她。

林璎尖叫一声，没能躲开他的攻击，沾着蛋糕黏糊糊的脸一下子贴在了她的脖子上。

虞寥双手抓住林璎的双肩，整张脸开始在她身上乱蹭。不过二十秒，林璎的脸和衣服相继宣告沦陷。

虞寥放开林璎，扑向了叶茗。不到半分钟，他也被攻破。

虞寥最后望着缩在远处墙角的单月，整个人开始冷静下来。

林璎跑进洗手间，骂骂咧咧地开始对着镜子清理身上的奶油。

她用手指在脸上挂下一坨奶油，放入嘴中，甜甜的。

她闭上眼。

刚才他把脸贴在了自己的脸上……

她甚至感觉到他的唇在一个瞬间与自己的双唇轻轻接触了一下。

叶茗走进了洗手间，看着林璎的脸咯咯笑了起来。

林璎回过神，扬手给他的脑壳上来了一记爆栗。

单月打开门，把早预备好的另一个蛋糕从楼梯上拿进屋中，拆开了包装。

虞寥看着蛋糕上的祝语，眉头紧缩：笨蛋，生日快乐！

看样子又是林璎的杰作，真不知道她在蛋糕店要求糕点师写这样的祝语时，那人是什么表情。

虞寥想起刚才自己没有许愿，于是连忙闭上了眼睛。

希望自己能和单月在一起！

希望自己能和单月在一起！

希望自己能和单月在一起！

许了三个一模一样的愿望后他睁开眼睛。蛋糕上的"笨蛋"二字犹如两把利刃刺入双眼。他一瞬间觉得林璎或许说得没错。

这样的愿望，能实现吗？

"虞寥，你不洗洗吗？"从洗手间走出的叶茗问道。

"过会儿洗澡好了。"

"那切蛋糕吧，我饿了。"林璎的声音从洗手间里飘出。

虞寥去厨房拿了刀，回到饭桌前把蛋糕大卸八块。四个人狼吞虎咽地吃着，不到十分钟就把整个蛋糕消灭了。

"下午干吗？来来，大家提意见。"林璎举起手中的盘子说道。

叶茗和单月的眼神望向了虞寥，示意由他决定。

"要不……去海边？"

"赞同！"林璎立马应声。

"赞同！"叶茗马上接上。

"边喝啤酒边看海。"单月笑盈盈地说。

虞寥露出心领神会的笑容："那就最好不过了，但是我家没有啤酒。"

"买嘛。"林璎说。

"不行呀，我们都还未成年嘛。"单月解释道。

"交给我好了，"叶茗说，"虞寥你反正要先洗澡，这个任务就交给我好了。"说完他从位置上站了起来，开门走了出去。

午后两点，阳光明媚得不可思议。

海一片湛蓝，和白云一起绘出了一幅美丽的风景画。

海浪不大，低低地吟唱在耳畔。

有一群海鸥在半空中盘旋，洁白的翅膀画出一个个抽象的图案。

虞寥、单月、林璎和叶茗坐在防波堤上，每个人手中都拿着一罐啤酒。

四个人静静地坐着，一口口把混着海潮味的啤酒灌入肚中。

"你们怎么知道今天是我的生日？"虞寥望着视野的尽头，吐出心中的疑惑。他已经连续两年没有过生日了，原本以为所谓的生日已经从他的生活中远去。

"是月月的功劳，"林璎答道，"月月特地去查看了你的转学资料，才知道今天是你的生日。"

是单月！虞寥心中微微一震，转头看着有些害羞的她。

"怎么样，你没想到吧。交上我和月月这两个朋友，是你上辈子修来的福分。"

虞寥看了一眼坐在林璎边上的叶茗："是呀是呀，能认识你们三个真好。"

喝完带来的啤酒，四个人仰面在防波堤上躺下。

谁都没有出声，仿佛人类原本就是一种无法说话的动物。

虞寥闭上眼睛，左手的手背轻轻碰着单月的手指。温暖的触觉从肌肤传入大脑，他有种冲动想要紧紧握住她的手。

希望自己能和单月在一起！

生日的愿望如同山谷的回音一般在脑海中回荡，这会不会是一种奢望？

四点，众人离开大海，乘公交车返回。

虞寥回到家中，清理了白天闹腾时落在地上的蛋糕，然后给自己做了晚饭。

宁静的夜晚悄然而至。

刚要吃饭的时候敲门声响起，虞寥纳闷到底会是谁？

打开门，叶茗一个人站在外面。

"不介意我再来麻烦你吧。"

虞寥有些疑惑，但还是说道："当然，一起吃晚饭吧。"

两人面对面坐着把晚餐扫进肚中，间或讲一些班中的琐事。虞寥猜不出他为什么特地跑来，难道就是为了蹭一顿晚餐？

吃罢晚饭后虞寥问："想喝咖啡吗？"

"若是可以的话，想来点林璎送你的酒。"叶茗抬起脸看着虞寥的眼睛说道。

虞寥觉得更加疑惑，不过还是回答："当然，要加冰吗？"

"不。"

虞寥走进厨房拿出玻璃杯，回到酒柜前给他倒了大约六毫米。

叶茗接过杯子，喝了一口，然后猛然咳嗽了起来。虞寥看得出来他平常应该是个滴酒不沾的人。

"你自己不来点？"

虞寥笑了笑："我不太喜欢和别人一起喝。"

"来点吧。"叶茗执意道。

虞寥想了想，妥协地站起身，按照平常的习惯放进冰块后给自己倒了五厘米。回到沙发上时，他惊讶地发现叶茗已经把一半的威士忌灌入了肚中。

"你这是干什么？"虞寥不解道。

叶茗笑了笑："试试你喜欢的东西究竟是什么味道而已。"

虞寥知道他是说谎，但也无可奈何，只好举起杯子渐渐咽了一口。叶茗的脸快速红了起来，然后两只耳朵也犹如虾被煮熟了一般。

"林璎喜欢你!"叶茗皱着眉头咽下一口威士忌后甩出一句话。

虞寥怔怔地望着他："喂，叶茗，别喝了。"

"林璎喜欢你。"他控制了下自己的情绪，盯着虞寥的眼睛又说了一遍。

啊？真的吗？他从未那样想过，但此刻经叶茗这么一说，感觉事实或许真是如此。大概是一直以来自己都把心思放在单月身上，所以才无知无觉吧。虞寥有些茫然，但他还是说："少来了。"

"虞寥，我是说真的，我可以从她的眼睛中看出来。"

"那么厉害？那你看看我的眼睛，能看出我喜欢谁不?"

叶茗低着头笑了笑，然后用像剑一般锐利的眼神看着虞寥："你喜欢单月。"

虞寥听得一惊，难道自己的眼神已经透露了内心的情感？但他还是敷衍着说："好啦，别喝了，再喝的话牛都在天上飞了。"

"别装了虞寥，其实你在心里已经相信了我的话。林璎喜欢你已经是显而易见的了，我想单月也已经察觉了出来。你没觉得她只有对你那么特殊吗?"

虞寥笑了笑，心想林璎对你也相当特殊呀："她就是那样性格的一个人，你可别把我假想成情敌哦。"

"那你跟我说你不喜欢她。"

"喂喂，这话里有陷阱。这样一说岂不是表明我讨厌她了吗?"

叶茗又喝了一口，把杯子砰的一声扔在茶几上，然后双手抓在虞寥的大腿上近乎哀求地说："虞寥，请你把她让给我行吗?"

虞寥开始有些愤慨："林璎并不是我的东西，我没有拥有她，谈什么让给你!"

"拜托了，"叶茗整个人凑到了他的面前，眼里竟闪出了泪花，"我真的很喜欢她。"

"我知道，"虞寥把他摁回到沙发上，"说实话，我也希望你能和她在一起，但是……"

叶茗打断了他的话："那你就给我机会吧。"

"什么机会?"虞寥不解。

"只要你告诉她你并不喜欢她，不，你只要告诉她你并不爱她，那我就有机会了。"

虞寥有些恼怒："难道我就这样跑到她面前，抓住她的肩膀，然后和她说，林璎，我一点都不爱你，难道我脑子进水了?"

叶茗伸手去取玻璃杯，虞寥见状率先一把抢了过来。

"那你就别去理睬她，和她保持距离，这样她就能明白自己对你的喜欢是没有结果的。"

虞寥冷冷地笑了一声："她一直跟你保持着距离，你有意识到你对她的喜欢是没有结果的吗?"

虞寥说完，叶茗犹如遭到了五雷轰顶，整个人顿时委顿了下来。

虞寥控制了下情绪："如果爱情是由于别人施舍而得到的，那你拿什么去保证这份爱呢？你一直以来都如此的坚持，我想即使是块石头也会被你所打动的。好了，今天你喝多了，要不就睡我家吧。"

叶茗缩在沙发上沉默不语，最后叹了口气站了起来，轻声地说："谢谢你。"

虞寥给他端来一杯冰水，他仰头一口气喝了下去。

"感觉好多了，"叶茗把空杯子贴在脸上，"那我先走了。"

虞寥打开门，叶茗走到门外，然后转过身看着他。

"怎么了？"

"你不觉得你对她很残忍吗？"说完，他挥了挥手，走下了楼梯。

虞寥关上门，坐回到沙发上，叶茗的话在耳畔挥之不去。

"你不觉得你对她很残忍吗？"

他喝着威士忌，在静谧的夜晚细细咀嚼着这句话。

我……真的很残忍吗？

他把手伸进口袋中，想要抚摸手机链上的那个水晶小月亮，但摸索了许久都没摸到。

虞寥掏出手机，发现手机链不见了。

第五章

有些东西会在不经意的时候消失，无从察觉。

就像是六月傍晚的一阵微风，就像是恋人之间的一句轻轻地承诺。

每个人都会在生命中遗落很多东西，就如同生命本身正在无时无刻地消失。

虞寥站在窗前，颓唐地望着窗外的夜晚。他已经寻过了家中的每一个角落，依旧寻不到单月送的手机链。

他怎么可能把单月送的礼物给丢了呢？那可是他最重要的东西。虞寥徒劳地一遍遍从口袋中掏出手机，可手机链并没有出现。

他闭上眼睛，能感觉到命运的齿轮正在嘎嘎作响，毫不留情地从他身上碾过。

虞寥睁开眼睛，开始大笑。

哈哈哈哈……

手中的玻璃杯跌落到地上，摔得粉碎。还没融化的冰块在接触地面的一刹那裂成了两半，空气中飘起威士忌的香味。

一滴……

一滴……

有什么冰凉的东西在笑声中落了下来，一阵阵灼痛着他的心。

是不是有什么东西注定会消失，无论你是如何在乎，就像手机链，就像父亲。

窗外下着倾盆大雨，这应该是六月以来最大的一场雨。

雨点打在玻璃窗上发出啪啪的声响，花坛中的几棵参天的松树被风吹得狂舞起来。

期终模拟考的成绩出来了，全班同学依次从蒋老师的手中拿过了属于自己的年级排名。

虞寥偷偷瞥了一眼单月的排名，年级第十。

"月月，这次你应该进了年级前十了吧？"下课的时候林璎凑了过来。

单月一脸开心："刚刚好呢。"

"我就知道我们家月月肯定没问题，那个，笨蛋，你呢？"林璎把目光放在了虞寥身上。

虞寥把自己的排名从书本中抽出，放在了桌上。

林璎一把从桌上拿过排名，然后用夸张的口吻说："哇，十二！有没有搞错？你说，你是怎么作弊的？"

"喂喂，凭什么我就是作弊的？"虞寥对她的反应极为不满。

"就凭你的脑袋也能考到年级第十二？鬼才相信。"

虞寥想了想，找到了反击的方式："那你呢？"

"她嘛……肯定是惨不忍睹的。"叶茗从一旁走了过来。

虽然发生了生日那晚的事情，但第二日叶茗主动向虞寥道了歉，两人又恢复了先前的朋友关系，至少表面上是这样的。

林璎一阵脸红，然后对叶茗怒吼一声："你给我滚开！"

叶茗靦着脸笑了笑，随后趁着她不注意一下子蹿到了她的位置上，从抽屉中一把抓过排名。虞寥默契地从位置上站起，前去接应叶茗。林璎反应过来后忙去拦截，但叶茗已经把排名送到了虞寥的手中。

他迅速瞄了一眼，年纪排名：537。

林璎忙从虞寥手中夺过排名，脸已经红得如同一枚火龙果。

叶茗露出询问的眼神，虞寥用口型无声地念出：537。

"想死是不是？"林璎恼羞成怒，转过身走到叶茗面前，用手揪住了他的左耳，一直把他拉到虞寥的位置上。

"疼疼疼……"叶茗疼得五官差不多都缩成了一个点。

"活得不耐烦了，对吧？"当叶茗在虞寥的位置上坐下后，林璎顺势给他的后脑勺来了一记爆栗。

坐在一旁的单月闭上了眼睛，不忍目睹这悲惨的一幕。

虞寥看见叶茗的遭遇，识趣地跟林璎保持着两米的距离。林璎从叶茗身上拔出视线，恶狠狠地瞪了虞寥一眼，然后在单月身边蹲了下来，露出可怜巴巴的表情。

单月配合地用手轻轻抚摸她的头，温柔地说："小璎不怕，小璎不怕。"

虞寥见她不再施暴，才小心翼翼地回到了自己的位置旁。叶茗双手捂着后脑，趴在桌上不停地哼唧。他安慰似的在叶茗肩上捏了两下，让他振作，然后问："那你呢？考得怎样？"

"他嘛，应该又是年级第一吧？"单月在一旁说道。

虞寥有点不信。他虽然知道叶茗成绩不错，但不至于好到年级第一吧，而且听单月的口气，似乎他已经不止一次获得这个头衔了。

"运气好罢了，运气好。"趴在桌上的叶茗谦虚道。

"虞寥你还不知道吧，自从他在高一下半学期转来后所有的考试都轻轻松松拿到年级第一。"

虞寥听了，用一种异样的眼光打量着眼前这个身体羸弱的男生。和他相处了那么久，居然一直不知道他的脑袋竟那么好用。

"每次都踩狗屎罢了。"蹲在单月身边的林璎用不屑的口气说。

"嫉妒！"叶茗小声地反驳。

"还嫌不够疼？"林璎站起身，握紧了拳头。

单月拉住她的衣角，劝道："小璎，饶了他吧。"

林璎听话地松开拳头，嘴里小声地嘀咕了几句，然后一拍桌子说："为了庆祝月月考进年级前十，放学了一起去吃烧烤吧。"

"赞同！"叶茗第一个应道。

"没你份！"林璎没好气地立马回应。

老天似乎听见了林璎的想法，在放学前停止了下了一整天的大雨。

虞寥、林璎和单月踩着路上的小水坑一同来到位于学校不远处的一条小吃巷。因为林璎坚决不肯让步，可怜的叶茗被排除在了这次庆祝的名单之外。放学时，他用幽怨的眼神望着虞寥，但虞寥也只能耸耸肩，表示无能为力。

大概是因为白天下雨的关系，今天无论是小吃摊还是客人较之以往都少了许多。

"可恶，我最喜欢吃的那家烤鱿鱼没有来。"林璎站在小巷的一个空位处，踩着脚说道。看来这个位置原本是一家卖烤鱿鱼的。

"烤鱿鱼的话，前面也有呀。"虞寥说着用手向前指了指，十米开外就有一个卖铁板鱿鱼的小吃摊。

"不行"，林璎转为了说教的口吻，用手指朝下点了一下，"只有这家的烤鱿鱼才正宗，别的都比不上。"

虞寥露出明白了的表情，但心中却想，再怎么正宗也不过就是烤鱿鱼罢了。

"好了，那我去买章鱼小丸子，月月去买凉虾，笨蛋嘛，你就去买萝卜饺好了。"说完，她就急匆匆走了。

"怎么感觉好像并不是在庆祝你呀。"虞寥看着单月说道。

单月笑了笑，那笑容就如同一朵盛开的粉色玉兰："那我就去找凉虾啦。"

林璎走到小巷尾处，没想到卖章鱼小丸子的摊子前竟有好多人。她努力挤了进去，把钱递给老板，然后说："要三份。"

等了许久，终于轮到她了。她从老板手中接过装在盒子中的三份章鱼小丸子，正要转身挤出人群，一个男子不知为何大喊了一声，整个人群一阵骚动，林璎被身旁的人狠狠挤了一下，整个人失去了重心，脚下一软就要摔倒。就在这时，一双手突然伸出，扶住了她的腰。林璎惊魂未定顺着那双手看去，发现扶住自己的正是虞寥。

是虞寥！

林璎的心中一阵温暖。

她由虞寥扶着从人群中走出，发现其中一盒章鱼小丸子掉在了地上，她忙说："我再去买一份。"

"没关系啦，那么多人排队，三个人吃两份好了。"虞寥从她手中拿过剩下的两盒章鱼小丸子，"我逛了一圈，好像今天没有卖萝卜饺的，所以就只好买了些麻辣烫，找到单月一起过去坐着吃吧。"

三人在矮矮的小桌前把买来的小吃通通扫进肚中，天际又开始落下了雨点。

单月和虞寥撑开了伞，林璎想了想后还是躲到了单月的伞下。

或许是因为下雨的关系，今天的暮色来得很早。

街上的路灯早早地亮了，在雨幕中显得有些苍凉。

虞寥看着单月打着伞的背影，她今天穿着一件白色的外套，一头秀发随着步履而轻轻舞动，走在这蒙蒙的雨中，仿佛是从天堂而来的一个天使。

"好美！"他不由轻声低语。

单月和两人在一个街口道别，独自一人消失在了人和雨的世界中。

林璎走进虞寥的伞下，身体轻轻地触碰到了虞寥。伞就在书包中，但是她不想取出。她想和虞寥一起撑着伞在这样的街头漫步，她想感受到他的呼吸和体温。

虞寥怕她淋到雨，于是向她身边挤了一下："这样的天怎么会没带伞呢？我送你回家吧！"

林璎感觉到一种近乎窒息般的幸福，悄悄地抬起手，挽住了虞寥的胳膊。

两人就这样在雨中缓缓地走着，落下的雨点打在伞面上，升起一层薄薄的水雾。

走进通往林璎家的小巷，虞寥想起了上次自己和她在这里被围堵的场景。今天这条没有路灯的小巷依旧静谧，只有雨水不停地冲刷着这个世界。

"上来坐会儿不？"虽然林璎想就这样走下去，一直走到世界的尽头，但还是走到了家的楼下。

"不用了，我也回家去了，那明天见喽。"虞寥朝她挥了挥手。

林璎站在楼道里没有回答，久久地看着他，然后突然冲进了他的怀中，微微踮起脚尖吻住了他的双唇。

虞寥木然地站在原地，雨伞从两人的头顶滑落。

漫天的雨落在两人脸上，顺着面颊流入了这个吻中。

林璎用双手环绕住了虞寥的脖子，不让这个吻有片刻的停息。双唇传来温暖的触觉，她此刻的世界中只剩下了眼前的他。

不行……我并不爱她……

虞寥渐渐反应了过来，想要用手推开她，但不知为何，双手却不由大脑控制地紧紧抱着她。

不……我喜欢的是单月……

不知过了多久，虞寥终于从吻中挣脱了出来。两人沉默地相视，任凭大雨淋在身上。

"我喜欢你。"林璎小声地说，声音瞬时被雨声吃了下去。

"抱歉……"虞寥的声音更小，连自己都无法听清。说完，他转过身走进了雨中，脚步决然。

林璎一动不动地站着，看着他的背影在小巷中消失。有液体从两颊不停地流下，她不知道是雨水还是自己的泪水。

站在雨中的还有远处的一个身影，静静地目睹了一切。那人最后看了一眼落在林璎脚边的那把雨伞，然后转身离去，双眼中没有一丝波澜。

虞寥回到家中，冲进浴室，把身上的衣裤全部脱去，然后久久地让热水淋在身上。

视野渐渐被雾气所占领，他的心也是一片迷茫。

他用手指轻轻碰了一下嘴唇，那里还留有林璎双唇的触觉。

"你不觉得你对她很残忍吗？"

生日那晚叶茗的话开始在耳边回响，虞寥闭上眼睛，他知道自己已经伤害了她。

既然并不爱她，为什么不在接吻的一瞬间就把她推开？既然并不爱她，为什么还要用双手去抱住她？这不等于让她飘到了上空，然后再重重地摔下吗？

虞寥不明白自己为什么会那么做，仿佛有一个邪恶的意志在那时控制了他的身体。

难道他是因为害怕失去？

虞寥走出浴室，围着浴巾走进客厅，给自己倒了满满一杯不加冰的威士忌。他仰头喝下一大口，一股猛烈的灼热从体内涌了出来，仿佛像是吞下了一颗炽热的铁球。

没有开灯，屋里充斥着僵硬的黑暗。

他颓然地坐在沙发上看着摆在茶几上的手机，一口口往肚内灌着威士忌。

重要的东西都会一样一样地消失，没有什么可以永远地留在身边。

那时候无论他怎么呼唤，无论他怎么祈祷，父亲还是一天天地虚弱了下去，最终离开了他的生活。生日时，单月送的礼物不知被遗落在了何处，今天，他似乎又要遗失一份他所珍爱的友情。

他想用手抓住这份友情，然而又是徒劳。

是不是因为他曾经诅咒过上帝，于是上帝选择抛弃了他。

他缩在沙发的角落，眼神无助得如同一只跌落到陷阱的兔子。他伸手颤巍巍地拿过手机，想给母亲打个电话，却突然意识到母亲如今已经跟另一个人在一起了。

泪水悄然从他的眼角滑落。

次日在学校见到林璎时，她装出一副什么都不曾发生过的样子。她依旧和单月嬉笑玩闹，依旧会和他开玩笑，依旧会对觍着脸凑上来的叶茗拳脚相加。但是，她不再叫他笨蛋，小心翼翼地避开每一次肢体上的接触。

虞寥从她的眼中看见了一股抹不去的忧伤。或许，那股忧伤也深深扎根在了自己的眼中。

春天小姐渐渐远走，深深吸一口气，已经能闻到夏天的味道。

天气开始持续升温，然而虞寥和林璎则默契地把一块无法融化的冰块置于两人之间。

虞寥领来了夏季的校服，是一件天蓝色的格子衬衫。除了左胸前略显呆气的校徽图案，整件衬衫相当好看。

期末临近，所有人都把期末之后的暑假作为一种遥遥在望的动力而努力复习着。

暑假能干吗呢？虞寥完全没有头绪。不需要学习，生活似乎就要失去目标。

窗外传来了知了的第一声鸣叫。

虞寥坐在考场中，桌上试卷已经答完，这是最后一门了，他完全提不起兴趣去重头检查一遍。考场的位置是由上次模拟考试的成绩排的，单月坐在他一排之隔的左前方。

她低着头还在试卷上奋笔疾书着，整个人显得微微有些紧绷。虞寥想起考前她曾说过，她一定要继续保持在年级前十。为什么呢？虞寥开始无端地猜测，难道是想要母亲开心？

若是在暑假前向单月表白的话会怎样呢？若是她答应，那么整个暑假就能和她在一起了。即使她拒绝，两个月的时间也能够化解彼此之间的尴尬。

可是，她想必已经知道了自己和林璎之间发生的事情。作为林璎最好的朋友，她怎么可能和自己在一起。

况且，还有那个米昊天……

他望了一眼挂在考场正前方的时钟，离考试结束还有半个多小时。他考虑着是不是要举手交卷，这时，他发现左前方的单月趴在了桌上。

是答完了吧？所以趴着休息一会儿。他看着她的样子，像是静静地睡着了。真有她的，考个试都这么全力以赴。

虞寥举起手，打算提前交卷。监考老师向他走了过来，就在这时，他眼角的余光注意到单月开始微微地抖动。他把视线转到她身上，发现她趴在桌上整个人抽搐起来。

"老师！"虞寥喊了一声，然后用手指着单月。

监考老师愣了一下，忙走到单月面前，用手摁住她的肩膀，嘴里喊着："同学，同学，你怎么了？"

虽然被老师用双手压着，但单月依旧不停地抽搐。虞寥意识到了什么，忙从位置上站起，冲到了单月身边。老师的脸上布满了惊恐，嘴上依旧不停地喊着："同学，同学……"

虞寥抓住正在强烈抽搐的单月，发现她的嘴角有白沫吐出。

果然，是癫痫。

他急忙转身从单月身后的那位考生桌子上拿过两根铅笔，横着塞在了她的嘴中。

"没事，过会儿应该就好了。"虞寥抬起头，对老师说。

抽搐持续了不久慢慢停了下来。虞寥把铅笔从她的口中拿出，掏出餐巾纸把她嘴角的白沫擦去。监考老师掏出手机打了个电话，然后说校医马上就到。

虞寥轻轻抚摸着单月的后背，她则恬静地躺在桌上，仿佛只是睡着了似的。

单月怎么会患有癫痫症？从来未曾听她提起过呀。

虞寥看着她，心中犹如被扎进了一根刺，钻心的疼。

数分钟后，上次在运动会上见过的那个女校医急匆匆地跑进了考场，脖子上还挂着听诊器。

她快步走到单月的位置前，看见了站在一边的虞寥，微微愣了一下。

"已经好了，应该是癫痫。"虞寥抬起头说道。

女校医蹲下身，拿着听诊器在单月的前胸后背听了一下，然后说："还是扶到保健室去休息下吧。"

虞寥点了点头，背靠着单月蹲下了身子。监考老师帮忙把单月放在了他的背上。

"对了，我交卷。"虞寥背着单月站了起来，走到考场门口时转身说道。

单月的呼吸喷在他的脖颈处，感觉痒痒的。虞寥背着单月，走出了教学楼。

"她有什么疾病吗？"女校医开口说话。

"不知道，没听她提起过。"

"上次运动会那次，医生没说什么吗？"

虞寥侧过脸，看了眼双目紧闭的单月："说是短时间剧烈运动造成的。"

女校医点头"哦"了一声，走了几步又说："最好还是联系下家长吧，癫痫的话一定有什么原因。"她停了停，又补充道："正常的人即使考试紧张也不会有癫痫的。"

虞寥心想有道理，打定主意把单月送进保健室后就去找蒋老师。

"昊天……"耳畔传来单月微弱的声音。

虞寥转过头去，看见单月已经微微睁开了双眼。她的眼神迷离，眼白处布满了血丝。

"单月，醒过来了？"

单月茫然地转动着眼珠，过了好些时候才意识到自己身处在虞寥的背上："虞寥，怎么回事？"

女校医走到她的身边，翻起她的眼皮查看："你考试考到一半突然……"

"突然昏了过去，"虞寥打断女校医的话，然后看了她一眼，"你说你考试这么紧张干吗呀？"

女校医明白了虞寥的用意，接着说："没关系，休息一下就好了。"

单月皱了皱眉头，过了好一会儿才开口："虞寥，我自己走吧，我很重的……"

这种时候，竟然还考虑到自己的体重……不过听她那么一说，虞寥确实感觉到单月的实际体重确实比看起来要重一些。

"给我安安稳稳地待着，马上就到保健室了。"虞寥用不可反驳的口气说。

"啊！"单月想起什么似的叫了一声，"虞寥，那你的考试怎么办？"

虞寥在心中暗骂了她一声笨蛋，这个时候还想着别人："我早写完了，举手交卷的时候发现你昏倒在桌上。"

"考试考到一半怎么会昏倒？"她在背上小声嘀咕。

"很正常呀，其实每年都会遇到这样的情况，考生压力太大，所以就昏倒在考场上了。"不知女校医说的是事实，还是为了宽慰单月。

虞寥把单月背进保健室，然后从女校医那要了学校职工的联系名单，给蒋老师打了电话。离考试结束还有不到十分钟，叶茗想了想后拔腿跑回了教学楼。若是算得没错，林璎应该是在高一六班那个考场。

虞寥在考场外站着，六月尾巴的风徐徐从远处吹来。

昊天！

单月醒来时呼唤着他的名字。虞寥从记忆库中调出那个面无表情的高个男生，捉摸不透他在单月的生命中充当着什么角色。

铃——铃——

考试结束的铃声一响，虞寥就推开了教室门，在考生中寻找林璎。

监考老师一脸诧异地望着他，当意识到是个学生之后，责问道："你干什么？"

坐在考场一角的林璎见站在教室门前的是虞寥，不由得站了起来。

虞寥看见了她，冲了过去，俯在她耳边轻声说："单月在保健室。"

　　林璎听完马上冲出教室，走廊里传来她急促的脚步声。虞寥把她的考试用品收拾好，揣进口袋，然后朝她的考卷上看了一眼，看见最后的几个大题全是空白。

　　七月悄然而至。

　　在不经意间已经可以看到飞舞的蜻蜓。

　　虞寥回学校领了成绩，然后站在走廊上擦玻璃。暑假终于要开始了。

　　他透过玻璃窗看着在教室里扫地的单月。今天她穿着一件淡蓝色的短袖T恤，下身穿一条短短的牛仔裤。修长的小腿上皮肤紧绷，脚上穿着一双已经有些旧了的板鞋。即使是在劳动，她的每一个动作也透露出一种难以言喻的魅力，牵动着虞寥的眼神。

　　早晨起床时，他告诉自己今天要向单月表白，但一走进校门，这个决心就开始动摇起来。

　　不是我不敢去表白，而是林璎无时无刻都和她在一起。虞寥看着正在和单月讲话的林璎，心中暗暗为自己开脱。然而下一秒，他的心底又出现一个理智的声音：你根本就是没有勇气，你就是个怯懦的胆小鬼。

　　放学的时候，虞寥在窗口远远地望着单月和林璎消失在校门外，才背起书包回家。

　　暑假开始了，时间多得简直如同天上的星星。

　　虞寥不知如何才能打发这漫长的暑期，于是把自己沉浸在了网络游戏之中。

偶尔在夜晚，才能感受到深入骨髓的孤单。他照例给自己倒了五厘米高的威士忌，然后趴在窗口看着楼下那盏路灯怔怔发呆。

他掏出手机，翻动着号码簿，不知道能给谁打电话。在生日那晚，如果没有林璎在场，叶茗从没出现在自己的面前，那个雨夜之后，林璎也不曾单独与自己见面，会是怎样？为什么自己的生活陷入了这样的境地？

单月！他想起了第一次单月在医院中递给他的纸条，上面写着她家的电话，他还记得那天他默念着把那个号码背了下来。虞寥喝下一口威士忌，闭上眼睛，那个号码清晰无误地在脑中显现了出来。

他按照脑海中的号码，在手机上按下相应的数字。接下来只需轻轻按下通话键，他就可以听见她的声音，然而手指却悬在了半空。即使和她接通了电话，又能说些什么呢？

虞寥看着手机，想起了那根遗失了的手机链。孤独如洪水般向他涌来，他没有反抗，任凭孤独把自己淹没。

七月过得很黏稠，仿佛一天与一天之间都粘在了一起，但七月毕竟还是过去了。

八月初的一个傍晚，虞寥听见了敲门声。或许是因为长久没有听见过敲门声了，那声音显得很不真切。

虞寥从卧室钻出，打开了门，门外站着的人竟然是林璎。

"我是来蹭饭的。"她双手叉腰，露出明亮的笑容。

虞寥有些手足无措，呆呆地站着。林璎不管他，自说自话地走了进来，在饭桌前坐了下来。

"你吃过了？"她看着他问道。

虞寥关上门，转身看着她。她烫了头发，穿着一件蓬松的连衣裙，整个人显得尤为可爱。

"喂喂，难道你变成哑巴了？"

虞寥花时间确认了这是否是梦境，一个月单调的生活似乎让他一半的脑细胞陷入了夏眠状态。

"吃过……不，还没吃过。"他不知道自己有没有吃过晚餐，甚至连午餐有没有吃也无法确定，不过肚子倒是不饿。

"那正好！算上我一份哦。要我帮忙吗？"她说着站了起来。

虞寥走进厨房，打开冰箱看还有什么可以吃的。冰箱里空空如也，只剩下两包土司片斜斜地躺着。

"你这是在减肥吗？"林璎向后退了几步，远远观察虞寥，"真的呀，你瘦了。"

是吗？虞寥伸手摸了下自己的脸颊，手掌传来粗糙的触感，他不知道自己上次是什么时候刮的胡子。

"哎，看你那可怜的样子。饶了你吧，那就吃烤面包片好了。"林璎说着从冰箱抽出了吐司。

虞寥把吐司片丢进烤面包机，然后烧水泡咖啡。然后两个人面对面坐着，一声不吭地把它们吞进肚中。

吃罢晚餐，两人走到窗口望着窗外即将落下的夕阳。风中的燥热还未褪去，吹在身上感觉黏糊糊的。

"明天有空吗？"林璎把视线落在视野远处的一个公园。

"有。"

"月月进了医院。"说完，她转过了头看着虞寥。

虞寥也转头望着她，眼神中满是担心："单月进了医院？她究竟怎么了？"

林璎解释说："没什么大的问题，说是突然昏了过去，这么热的天应该是中暑了吧。"

昏了过去……莫非……又是癫痫？

"我们明天一起去看她吧。说是要住院两三天，她一个人待着怪无聊的。"

"好。"

林璎见他有些失神的样子，不再提及单月："好热呀，你家里难道就没有电扇吗？"

数秒后虞寥反应了过来，回答说："进我屋吧，里面开着空调。"

"不早说！"林璎走进卧室，劈头盖脸的冷气让她打了个哆嗦。她在床沿边坐下，一把抓过床上的靠枕抱在胸前，把脸埋了进去。

虞寥走了进来，看着她那可爱的样子，不由觉得好笑。一种久违的快乐如同过电一般穿过全身，体内的每一个细胞都复苏了过来。

"咦？这是什么？"林璎向外侧推了下床头柜，在缝隙中掏出了一本棕色封面的硬皮书。她翻开第一页看了一眼后抬头望着虞寥："《圣经》？你信这个？"

虞寥看着她手中拿着的《圣经》，心中微微一疼，然后笑着说："不信，若是相信的话就不会掉在地上了嘛。"

林璎点了点头，把《圣经》翻得啪啦啪啦作响："那为什么买这个呀？"

"爸爸的，"说完，他顿了下，又补充道，"爸爸生前的。"

林璎听了后连忙停下了翻书的动作，小心翼翼地把《圣经》合上，放到床头柜上，然后吐了吐舌头。

"叔叔……以前相信这个？"

虞寥从位置上站起，跨了一步把《圣经》拿在手上，呵呵笑了一声："他可相信了，生病后也一直深信不疑，最后的时候还做了祷告，可惜上帝没有出手救他。"

"对不起，我不该问的……"林璎露出抱歉的神色。

虞寥把《圣经》丢到床上："没关系，反正早已经过去了。现在想想说不定是上帝喜欢爸爸，所以才早早把他叫了过去。"说完，他看到电脑旁还有一包没打开的薯片，就伸手拿了过来，然后向林璎丢去。"给！"

林璎双手在空中笨拙地一接，连薯片的边都没碰到。她红着脸把地上的薯片捡起，然后傻笑了一下拆开，递到虞寥面前。

"你吃吧，我不要。"虞寥摆了摆手说。

林璎不说话，噘着嘴巴执意伸长着手臂。虞寥只好妥协地从里面抓出了两片丢进嘴里，她才一脸满意地把手缩了回去。

嚼薯片的咔嚓声和空调制冷机的低低轰鸣统治了整个卧室。虞寥把注意力放到了电脑上，右手频繁地点击着鼠标。

林璎一边吃着薯片，一边偷偷抬眼看着坐在电脑前的虞寥的侧脸。他的头发有些凌乱，大概是早晨起床后就没有打理过，但是这种凌乱恰到好处，微微给人一种倔强的感觉。台灯的光线把他的侧脸衬托出了一份神秘感，下巴上青青的胡茬儿又让人觉得有一丝成熟。

她搞不清楚为什么自己在看到这个转校生的第一天就无法把视线从他的身上挪开，搞不清楚为什么自己一闭上眼睛，脑海中就满是他的影子。莫非真的像小说里所说的那般？

爱情就是一粒种子遇到了雨水，若是不能开花，那就只能死亡。

“虞寥，你知不知道，其实和你这么坐着吃东西，我就觉得好幸福。真希望时间就在这一秒停下来。”林璎小声地开口，眼神中有着幸福，但也掺杂着忧伤和不安。

虞寥听到了她的话，心中有着欣喜但也混着悲伤。他没有转过身去。他喜欢林璎，喜欢听到她的声音，喜欢看到她的身影，然而这种喜欢并不能向男女朋友的方向发展。仿佛上帝种在他心中的只是一颗友情的种子，无论如何也无法绽放出爱情的花朵。

“你是不是觉得我特傻？一个女生倒追男生，遭到了拒绝后还死皮赖脸地跑到他的家里。那天我一个人站在雨中，内心渐渐充满了愤怒，晚上躺在床上，我想了千万种方法去报复你，然而第二天我在学校里看见你的第一眼，那些愤怒就全部没了。"

虞寥终于转过身来，坐到了她边上，用手挽着她的肩膀。

"我试着不再看你，不再理你，试着忘记你，告诉自己你不过就是一个一无是处的男生罢了。然而每当我这样下定决心告诉自己之后，你的身影总会在记忆的角落中出现。我会想起你跑步的样子，会想起你和我开的玩笑，会想起你给我做的寿司……"渐渐的，林璎的声音越来越小，言语间夹杂着轻轻的抽泣声。

虞寥不知道自己应该如何安慰她。他知道自己是笨拙的，就像父亲那时候躺在病床上，他坐在一边也不知说什么才好。

林璎抓住他的肩膀，把整张脸埋进了他的胸膛。薯片从她的双膝滑落，啪的一声掉在了地上。

"暑假这一个月来我无数次想给你打电话，但是……但是一直鼓不起勇气。今天我听到了月月住院的消息，心中竟然有着一点点的欣喜，因为这样我就有了来找你的理由。虞寥，我是不是特别傻？我是不是全世界最傻的人？"

虞寥用手轻轻抚摸着她的后背。空气中有单月儿童节送给她的那瓶香水的味道。他感觉到了她的泪水，潮潮的。

过了许久，林璎止住了哭泣，缓缓抬起了头。她的眼睛已经哭肿，鼻尖也变成了红色。虞寥拿过餐巾纸，轻轻擦去她两颊的泪水。

"对不起……若是不说出来心里太难受了。"林璎用手背抹了抹眼角，抽了一下鼻子。

虞寥试着开玩笑说："为什么你哭的时候脸也会肿，一下子变丑了好多。"

林璎扑哧一声笑了出来，一滴口水飞溅到了虞寥脸上。

"啊！对不起……"她一脸尴尬。

虞寥在床上站了起来，走到空调的出风口处，迎面一动不动地直直站着。

林璎仰视着她，眼中露出了疑惑："你……这是干吗？"

虞寥转过头，俯视着她一本正经地说："给你瞧瞧什么叫作境界。"

"啊？"

"这叫作唾面自干。"说完他又把脸对向空调，冷气把他的头发吹得如同迎风摇摆的杂草。

"好啦，别在那装境界了，简直傻到火星去了。好啦，我走了。"林璎站了起来，拿起抱枕对准虞寥的屁股狠狠砸了过去。

虞寥敏捷地躲过了攻击，从床上跳了下来。

"明天早上八点在学校门口见，不准迟到。拜拜，不用送我了。"说完，林璎走出了卧室。

虞寥听见门被砰的一声关上了，耳朵随即陷入了无边的沉寂。

他在床上躺下，空调的冷风呼呼地吹在身上。有些冷，他抱过被子盖在身上，怔怔地望着天花板。

空气中还残留着林璎的香水味。

早晨八点，知了还没起床。

风中已经有了一丝闷热，今天又将会是一个炎炎夏日。

虞寥在学校门口的一处阴凉处席地而坐，林璎叫他不要迟到，但如今已是八点二十分，她自己却还没出现。他一直耐心地等到九点，林璎还是没来。

大概是睡过头了，他掏出手机给林璎打去电话。电话整整响了一分钟，无人接听。虞寥叹息一声，心想她一定是睡成了猪。

林璎不来，他也没法去探望单月，因为不知道她究竟在哪个病房。思来想去，他只好钻进了图书馆，静等林璎醒来。

一直等到中午十二点，手机一直如同死了一样无声无息。他给她发去短信，但是没有回音。又给她打去两个电话，依旧是无人接听。虞寥想了想，走出图书馆在路边的拉面店吃了午饭，然后打定主意索性去她家找她。

"林璎——林璎——"

因为不知道她住在几层，虞寥只好在楼底大喊，但是喊了好久都没有人从窗口探出头来。

"你找林璎?"一个老婆婆颤巍巍地从旁边的单元楼中走出，向虞寥问道。

虞寥快步走上前去，解释说:"我是她的同学，有事找她，但是不知道她住几层。"

老婆婆上下打量了下虞寥，然后开口道："她住四楼，401。"

"谢谢。"虞寥道了声谢，转身就要走。

"小伙子，等等。"老婆婆在身后叫住了他。

虞寥转过头，心中隐隐感觉到了一种不祥。

"她应该还没回来。"

"那她在哪儿？"

老婆婆把手放到嘴边，压低声音说："你还不知道吧，那个小姑娘被打了。"

"什么？"

被打了？林璎？

"就是今天的事情。早上我刚晨练回来，在巷子口看到的。她被好几个小青年围在了中间，要不是我喊了一声，他们还要打她呢。"

难道就是上次的那个绿依？虞寥忙问："那她现在人呢？"

"我和一个小青年一起扶着她在马路边打了出租车，他们去医院了。"

第六章

虞寥从出租车上下来，跑进了医院的门诊大厅，一股医院特有的消毒水的味道扑面而来。

林璎……林璎……

该死的，究竟在哪里？虞寥快步从医院的过道中穿过，在病人中寻找着林璎的身影。在出租车上他不停地打她的电话，但是依旧无人接听。虞寥确认完了一楼的各个诊室，没有找到她，于是从楼梯跑上二楼。

她不会有事吧？虞寥内心祈祷着那群人没有对她下重手。当跑到二楼中央的候诊室时，他远远地看见一张椅子上坐着的人好像穿着昨天林璎的那件连衣裙。他忙跑过去，那人正是林璎。

林璎头上被缠上了绷带，左侧的下颚肿了起来，还有些微微发紫。左手臂上有三处贴着纱布，右手的手背上有擦伤。看到虞寥出现在了自己的面前，她抬起头无力地笑了笑。

"怎么会这样？"虞寥看着她的样子，心痛不已道。

"那群混蛋！"一个男声从一旁传来，声音很是熟悉。

虞寥往声音的来处看去，坐在旁边椅子上的竟然是叶茗。他的脸上也被贴了两处纱布，左手的无名指完全被绷带缠了起来，身上的浅黄色衬衫的左袖被撕开了一个口子。

"叶茗？怎么你也……"

叶茗一脸无奈，自嘲似的摇了摇自己的脑袋："这叫做有难同当。"

"对不起……叶茗。不应该连累你也……"林璎在一旁出声道。

"别说这种傻话了。"叶茗看着她，眼睛中流露出无限的温柔。

"你的手指……"虞寥盯着他被绷带层层缠绕着的左手无名指，感觉他伤得不轻。

叶茗举起左手，像是欣赏艺术品似的看了一眼："不小心断了。"

虞寥转过头重新看着林璎："你呢？伤得怎样？"

"没什么关系，不过是些小伤罢了，你不要担心。"

小伤？小伤需要把脑袋缠上两圈绷带吗？虞寥叹了口气，知道她是不想让自己担心。虞寥咬了咬牙，心中充满了怒火。

"是他们吗？那个什么绿依？"他开口问林璎。

　　林璎一阵沉默，眼睛中有什么东西在闪烁，半晌后她转头和叶茗说："我有些待闷了，想和虞寥出去走走，马上就回来，你在这等化验结果好吗？"

　　叶茗听她说完，望了一眼虞寥："去吧，小心点。"

　　虞寥有些暗暗懊悔，刚才自己问得太过突然了，没有考虑到她并不愿让叶茗知道其中的原委。于是他扶起了她，乘着自动扶梯来到一楼。

　　走出门诊大厅，午后的阳光肆无忌惮地洒在身上，两人一时间闭上了眼睛。

　　按照虞寥原先的计划，现在他们两人应该探望完了单月，一起在某家冷饮店里吃刨冰才对。然而此刻，身旁的林璎却带着一身的伤痛。他暗暗下定决心一定要为她报这个仇。

　　两人花时间习惯了刺眼的阳光，走向住院部后方的一个公园。这样炎热的夏天，医院依旧很忙碌。

　　快到公园时，虞寥重新开口："是上次的那些人吗？"

　　林璎沉默少顷，点了点头。

　　"混蛋！"虞寥恶狠狠地骂了一声。

　　响彻天际的蝉鸣声像是突然停了下来。

　　虞寥用坚定的目光看着她说："我会让他们好看的。"

　　林璎走到一张树荫下的长椅上坐了下来，抬头向树叶间的点点阳光望去。一阵晕眩向她袭来，她忙抓住虞寥的手臂。

　　"怎么了？怎么了？"虞寥看见她的眼神失了焦，担心地紧紧握住她的手。

过了片刻，晕眩感渐渐消失，她不敢再仰头，只好把视线放在树的影子上："没事，刚刚有些头晕，医生说有轻微的脑震荡，两三天内就会好的。"

虞寥静静地坐在她的身边。头顶的树上传来了连续不断的鸟的鸣啭。

"虞寥，我这是咎由自取罢了，你不要做出什么傻事。"林璎沉默良久后低声开口。

虞寥认为她是在担心自己："别说了，我知道。"

林璎固执地摇了摇头，把手从他的手心中抽出，眼中的神色复杂："你不知道，虞寥，你什么都不知道。我求你，不要去做傻事，这一切真的是我自己造成的。"

听林璎如此说，一个之前的疑问重新浮起在虞寥的脑海中。为什么那些人要谋划给林璎一个教训？

"那你就告诉我为什么。"虞寥想要知道事情的真相，于是加重了口气。

林璎眼睛一眨也不眨地看着虞寥，像是要考量他到底有多么想知道。虞寥一脸严肃地回望着她，一脸坚持。两人间的空气在这燥热的午后降到了冰点。最终林璎妥协地低下了脑袋。

"虞寥，其实我一直在瞒着你，"林璎重新抬起头时，她的眼神中充满了痛苦，"或许你会不相信，曾经的我并不是现在的这个样子。上次你用膝盖踢中的那个绿依就是我在那个时候认识的。我和她曾经是朋友，还有和一些其他乱七八糟的人。对不起……我不想让你知道我有那样的过去，不想让自己在你眼中成为那样的一个人。"

虞寥把手放在她的背上，轻轻地抚摸着："没关系，那些都已经过去了嘛。"

林璎的眼神中有什么东西闪了一下："对不起……虞寥，我怕你知道后，会看不起我。"

"怎么可能！"虞寥说着，向她露出一个诚意的微笑。谁都有权利拥有自己的过去，即使那段岁月肮脏不堪，那也是属于自己的珍贵的回忆。

林璎望着他那满是温柔的双眼，心中的那片沙漠渐渐感觉到了湿润："这次的事情估计是老大做的安排。他终于忍受不了我的胡来了，看样子我和他的友情也只能到此为止了。"

"老大是谁？"虞寥边问边回想了一遍那晚在咖啡馆边上的巷子里听到的对话。

林璎从他的眼睛中看见了五彩的光晕："老大和我曾经是最好的伙伴，我们一起做了不少蠢事。虽然我讨厌那段生活，但老大是个例外。他虽然和我一样对学习完全没辙，但却是个重情重义的人。"说到这里，她苦笑了下："不过重情重义也会有个限度，是我太天真了。"

"你到底做了什么？"

林璎摸了摸后脑勺，疼痛瞬间如网一般笼罩了全身。她等痛楚渐渐散去，才开口说："我一直天真地希望老大也能从那种生活中脱离出来，所以总是想方设法悄悄去阻止他。因为是我，每一次他都不予追究。但上一次我当着他的手下和另一帮混混的面叫了警察，老大因此在拘留所待了整整两个星期。"说完，她无奈地干笑了数声。

一阵夏风从远处吹来，头顶的树叶发出沙沙的声响。

虞寥坐在她身边整理着她刚才说的话，事情的原委已经明了，但还是有些不对的地方。

"因为这次你让老大丢脸丢大了，所以他下决心给你一次教训？"

林璎无力地点了下头。

虞寥装出一副思考的模样："这会不会并不是老大的意思？听你刚才说你们曾经是最好的朋友，即使你已经不再……不再混了，他依旧迁就着你，那就说明他把你当作了最为珍惜的朋友。难道就因为一次丢脸，他就忍心割断这份友情吗？"

听虞寥说到这里，林璎的脸上布满了疑惑："那……"

"说不定是老大的手下擅作主张，他们无法明白为什么老大这么迁就你，所以就替老大来教训你。"

林璎陷入了沉思，但脸上的表情告诉虞寥她正一点点相信自己的解释。他不愿告诉她那晚自己听到的事情，他不愿让她知道自己一直都在欺骗她，即使这是个善意的欺骗。

不过知道了事情的原委，虞寥也只好把自己的怒火埋了起来。为了林璎好，他不能做出什么出格的事情。

过了许久，林璎从椅子上站了起来："月月就在住院部的三楼，317，看样子我是不能去看她了。你不要告诉她今天发生的事情，我不想让她担心。"

"这种地球人都知道的事情还需要特意交代吗？"虞寥也站了起来，扶着她的手。

林璎白了他一眼，然后故意用膝盖撞了下他的大腿："好啦，你去探望月月吧，我自己去找叶茗就行了。"

"对了，叶茗怎么会跟你在一起？他本来也一起去探望单月吗？"虞寥突然想起了叶茗，他怎么也会被打伤。

林璎耸了下肩膀："哎，他就是个黏豆包，总是没事来找我。今天算他倒霉，一不小心跌进了火坑里。不过一直都没看出来，他还挺勇敢的。远远看见我被围住就冲了过来，然后就跟我一起挨打了。他也不想想自己那单薄的身体。"

这就是爱，即使是飞蛾扑火，也在所不惜。

自己对于单月，能有这样的勇气吗？虞寥不禁有些佩服叶茗。

"他是救美心切嘛，还有你的手机在早上掉了？为什么不接我的电话？"

林璎茫然地眨了两下眼睛："没有呀。哦，对了，手机放在叶茗那了。"说完，她突然想到了什么，脸上的表情一时间僵了下来。

"估计是没注意到吧，那我就先去探望单月喽，明天给你电话。"

"等等，"林璎叫住了正要转身的虞寥，"那个……我想给家里打个……打个电话，看妈妈回来了没，借我下手机吧。"

虞寥从裤袋中掏出自己的手机，递了过去。

林璎接过手机，看了一眼，不自觉地皱了下眉头："你怎么没挂月月送的手机链呀？"

虞寥没想到她会注意到这点，只好尴尬地小声解释道："掉了。"

"哦。"

"我找了所有可能的地方，但是还是没有找到。"虞寥继续解释。

林璎没有理睬他，在手机上随意拨了个号码，放到耳边等了大约十秒，然后把手机还给虞寥："妈妈好像还没回家。"

"那我走了哦，拜拜。"虞寥接过手机，放回到裤袋中。

"嗯，拜拜。"林璎说着挥了挥手，等虞寥转身跑向住院部时，她的脸上仿佛蒙上了一层厚厚的霜。

317……317……

虞寥走到住院部的三楼，寻找着317号病房。

一个病房传来小孩尖锐的哭声，安全楼梯口有两个中年男子一脸凝重地抽着香烟。虞寥走到走廊的尽头，总算是找到了317号病房。

他轻轻推开病房的门，里面竟然空无人影。病床上的被子被掀开着，床头柜上有半个被切开的西瓜。他在病床前的信息栏中确认了病人姓名，这里住的确实是单月。

是出去散步了？不不，散步的话可不会选择在下午。那应该是去做什么测试了吧！

虞寥打算在病房里等待单月回来，于是在一张凳子上坐下。

百叶窗没有完全合拢，一束束的光线斜斜地落在了洁白的床褥上。

单月究竟得了什么病？

他不相信单月仅仅是如同林璎所说的那般中暑了，不然她完全不需要住院。一定是她再次犯了癫痫……

究竟是什么在折磨着单月？虞寥不禁开始担忧起来。

他不自觉地把手伸进了裤兜中摸索着，过了好久才意识到自己是在寻找那条手机链。自从手机链丢了之后，这似乎已经成了一个自然而然的习惯。

光线的角度缓缓移动着，可以看见飘浮在空气中的灰尘。

大约半个小时，病房门被悄悄地推开了。虞寥立马从位置上站了起来。

"虞寥！"站在门口的单月似乎对虞寥的出现很惊讶。

她依旧是那么的漂亮，乌黑的头发柔顺地贴着两颊。浅蓝色的病号服穿在她身上松松垮垮的，给人一种柔弱的感觉。

"喂喂，你是不是在骗人呀？看起来完全不像是有病的样子。"虞寥说着，把病床上的被子掀开。

"是同学吗？那你们先聊哦，妈妈去下医生那里。"单月的母亲露出一个慈祥的笑容，然后消失在了门外。

独自一人面对单月，他的心跳有些加速。

单月盘腿坐在病床上，脸上挂着单纯的笑容："你怎么知道我在这里呀？"

"林璎告诉我的。"

"哦？"单月的脸上掠过一丝狡黠，"你们重归于好了？"

虞寥被问得一脸尴尬，单月果然是知道了那个雨夜发生的事情。

"她不跟你一起来吗？"

"她这几天都有事，所以就把我派过来了。"在等待单月的时候，他已经编好了谎言。

单月没有起任何疑心，恍然般地点了点头："你也不用来啦，这么热的天。"

"说什么呢，暑假放到现在好不容易才有件事做，不准那么自私！"虞寥装出很生气的样子。

"哈哈，其实说实话，你和小璎真的很配。"

我和林璎很配……

可是我喜欢的是你呀！

虞寥不愿扫了单月的兴致，只好接上话茬："我也觉得很配，就像仙人掌和石榴一样般配。"

单月眨了眨眼："仙……仙人掌和石榴？"

"嗯。"虞寥肯定地点了点头。

"仙人掌和石榴哪里般配了？根本就不搭嘛。"

"当然搭了，他们都是植物嘛。"虞寥解释道。

"就这样？"单月依旧一脸疑惑。

"就这样。"

沉默……

单月终于反应了过来，拿起了枕头向虞寥丢了过去。

"住手！"刚好进门的护士看见了这一幕，大声叫道。

虞寥忙把接到的枕头放回到床上，单月露出了羞赧的神情。护士进来给她量了脉搏，走出病房时还不忘再用眼神警告了她一下。

两人在一种奇异的气氛中沉默了一会儿，随后都忍不住笑了出来。

"都忘了问你了，这次为什么住院呀？"等两人都笑完，虞寥问道。

"中暑昏倒了……这鬼天气实在是太热了。"单月小声地说，让人觉得似乎是她一不小心撞到了名叫"中暑"的怪物，所以被送进了医院。

虞寥想了想，盯着她的眼睛说出了心中的疑问："可为什么中暑要在医院住那么久？"

单月避开了他的眼神："妈妈说刚好可以借这个机会做下全

身体检。"

虞寥心中暗暗判定她有说谎，事情绝不是仅仅中暑而已。他暗暗祈祷，希望单月并没有大碍。

"马上就可以出院啦，你不要担心。"单月看着虞寥脸上凝重的神态，忙用轻松的语气说道。

"嗯。出院后叫上林璎，大家一起再去小吃巷吃小吃吧，找个稍微凉快点的傍晚，我请客。"

"真的？一言为定，不准耍赖哦。"

虞寥哼了一声把脸转向了一旁："我什么时候耍赖过。"

虞寥回到家中，太阳开始落山，远处行道树上的知了的叫声即使在家里也听得见。

单月、林璎和叶茗，三个人通通进了医院。

莫非自己是一个不祥的人？

虞寥给自己准备了晚餐，然后躲进卧室打开空调等待夜晚的降临。

将近十一点的时候，他走到客厅给自己倒了威士忌，然后趴在窗口吹着夏夜的晚风。风已经开始凉爽了起来，八月的夜空无数的星星闪耀着。

你和小璎真的很配……

虞寥想起白天单月所说的话，心中溢满了苦涩。从自己喜爱的人口中听到这样的话，实在不失为一种讽刺。他把威士忌含在口中，舌尖被酥酥麻麻的感觉所征服。

明天去林璎家看望她吧，虞寥不再想单月，但是他还不知道自己应该如何和林璎相处。

虞寥用手按了按太阳穴，把杯中的威士忌一口吞下，然后把脑袋放空，看着那盏孤独的路灯。

一个人影。

一个人影站在路灯之下，一动不动。

米昊天！虞寥意识到站在路灯下的那人是米昊天，也只有他会用这种独特的方式和自己见面。

或许是酒精的作用，一股倔劲在血管中流动着。他站在窗口一动不动，就如同站在路灯下的米昊天一样。

什么人嘛，每次想见就见，想走就走，你以为你是谁！我绝不下楼，你要找我就自己上来！

虞寥和他就这样对峙着，时间一分一秒地过去，新的一天在月亮钻出一朵薄云后悄无声息地开始了。

十二点二十分，风从天际缓缓吹来，带走了虞寥脸颊上因酒精而产生的温度。他终于妥协，转身走到楼下。

米昊天还是一副冷傲的表情，修长的腿在夜色中显得格外迷人。虞寥走到他的面前，摆出一张不耐烦的脸。

"什么事情？"

"林璎今天的事情，你知道了？"他问，语气冷淡得像是在讨论南半球的一只企鹅。

"是昨天。"虞寥纠正。

"这次我没有被事先通知，是今天下午才知道的。"

"是昨天，"虞寥又纠正了一遍，随后觉得自己的做法有些无聊，"若是你事先知道又会怎样？"

"会想办法。"虽然还是冷冷的语气，但虞寥感觉到他为此有些自责。

虞寥冷笑了一声："想办法？难不成会来找我？就这样站在路灯下面？"

"可能。"他没有被激怒。

几只飞蛾在灯泡前扇动着翅膀，一次次执着地撞向灯罩。

虞寥没有再开口，米昊天也保持着缄默。他慢慢平息了心中的不悦，米昊天特意来这里一定不是为了跟自己斗嘴。

"那么，你到底有什么想说的？"

米昊天用脚尖在地上碾了碾，仿佛是在碾灭一个烟头："你有什么想问的？"

"我问什么你都会回答？"

"不。"米昊天简单地回答。

虞寥自嘲似的笑了笑，但还是开口说："这次的原因和上次是一样的？"

米昊天用沉默表示了肯定。

"林璎告诉了我原因，她说是老大不愿再忍受她，才叫人做了这样的事情。"

"你相信了？"

"我为何不相信?"

米昊天抬起头,看着路灯,少顷回答道:"若是老大烦了她,根本用不着这样。"

虞寥没有接话,静等着他的下文。

"上次的事情老大知道后已经找过铁哥,所以我才说这件事情已经告一段落。"

虞寥皱了皱眉:"那这次是?"

米昊天摇了摇头:"原因应该还是和上次一样,不过现在还不知道究竟是谁的主意。"

"不会还是那个铁哥吧?"

"现在还不知道。"

"那你今天来找我究竟想说什么?"

米昊天把目光盯在了他的身上,过了会儿开口说:"要你离林璎远一点。"

"什么?"虞寥感觉像是被一口醋呛到了,"要我离她远一点?"

"是。"米昊天的声音中加了一份强硬。

"你是在怀疑我?"虞寥突然感觉有些莫名其妙。米昊天在路灯下站到大半夜,竟然是为了来告诫自己离林璎远一些。

米昊天没有说话,转身走进了黑暗中。

"别走!混蛋!"

虞寥追了上去,从后方一把抓住他的脖子。米昊天似乎早有预备，用左手手肘狠狠撞在了虞寥的胸上。虞寥感觉到胸口一阵沉闷的痛楚，但是咬牙没有松开抓在他脖子上的手。米昊天见状再用手肘撞来，虞寥用另一只手的手掌挡了下来，随即抬起腿向他的胫骨踢去。米昊天叫了一声，整个人朝一侧倒去。虞寥顺势用力，把他狠狠摔在了地上。

呼哧……呼哧……

两人在黑暗中喘着气。

"跟我没有关系，"虞寥咆哮道，"你从头到尾什么都没做，有什么权利在这里指指点点！"

米昊天双手撑在地上缓缓站了起来，冰冷的眼光就像是两根冰柱似的落在虞寥的脸上，一字一顿地说："离林璎远一点。"说完，一瘸一瘸地走向了远处。

"滚！"虞寥对着他的背影大吼了一声，气呼呼地转身上楼。

醒来打开窗，毒辣的阳光像是要刺瞎双眼。

虞寥看了眼时间，已经是中午十二点。昨晚回到家后就躺在床上，然而却不管怎样都无法睡着。米昊天的话犹如一根针，一下一下戳在他的大脑上。迷迷糊糊睡过去的时候，似乎天际已经露出了鱼肚白。

他钻进浴室洗了个澡，但脑袋还是有些疼。简单吃了午饭后他穿好衣裤，打算先去探望单月，然后再去找林璎。

在去医院的路上，虞寥买了一斤糖炒栗子。天气这么热，不知道单月有没有胃口。

推开 317 病房的房门，单月穿着一件短袖 T 恤正坐在凳子上，她母亲在一旁整理着衣物。

"虞寥，我要出院啦。"看见虞寥，单月开心地说。

出院了？虞寥走到她身边，把手放在她的额头，煞有介事地说："嗯嗯，好，明白了。"

"你在干吗？"单月上翻着眼珠望着搭在她额头的手。

"嘘——"虞寥凑到她的耳边，小声道，"我在和中暑先生谈话，他说这次就暂且放过你了。"

单月一把甩开他放在额头上的手，脸开始变红："你真讨厌。"

虞寥不再开玩笑，认真地问："全身体检没有问题吗？"

"嗯，没问题。"单月回答后扬起头看着她母亲。

"没找出什么病。"她母亲对虞寥微微一笑。

"既然要出院，那我就不打扰啦。"

"拜拜。"

"对了，定下去吃小吃的时间后我给你电话。"虞寥走到门口想了起来，转头对单月说。

"嗯。"单月灿烂地笑着。

太好了！单月并没有病，看来是自己想多了。

虞寥走出医院，心情渐渐好了起来。

为了不一路晒太阳，他坐上了一班公交车。街景在车窗中倏忽而过，阳光时不时地在眼前闪出耀眼的光辉。他在离林璎家最近的一站下了车，然后走路前往。

"你离林璎远一点。"

走到林璎家楼下，米昊天的话开始在耳畔响起。

他为什么要怀疑自己？虞寥实在想不出原因。或许从那个没表情的家伙的脑子里产生出来的东西原本就不需要什么原因。

虞寥拾级而上，走到了四楼。401 铁门上的油漆剥落了不少，里侧房门上贴着一个倒挂着的"福"字。他找了下门外没有门铃的按键，于是只好用手掌敲铁门。

里侧的门被吱呀一声打开，出现在门后面的人竟然是叶茗。

"叶……叶茗？"虞寥愣了一下，不知道为什么他在这里。

"是你呀，虞寥。"叶茗站在门口。

"手怎么样了？"

他举起手在空中晃了一下，无名指依旧缠着绷带。把手放下后，他一动不动地站着，并没有打开外侧铁门的意思。

虞寥开玩笑道："怎么就让我在门口这么站着吗？"

叶茗嗫嚅了下，开口说："林璎刚刚睡着，要不你下次再来吧。"

虞寥皱起了眉，觉得这有些蹊跷。大下午的林璎睡什么觉，即使睡觉干吗不让自己进屋，还有叶茗为什么会在她家里。

叶茗从他的眼神中看出了疑惑，悄悄举起手做了个打电话的手势，然后说："再见。"说罢，砰一声就把门关上了。

虞寥呆呆地站在门口，突如其来的情况把他的思维拽入了一个莫名的深渊。

叶茗的那个手势是不是代表会给自己打电话作说明？

虞寥在林璎家楼下徘徊，想等叶茗离开时能把事情问清楚。火辣辣的太阳一点点地榨干了他身上的水分，但是他依旧不愿离开。一直等到夕阳西斜，叶茗还是没有出现。

他看着被染成火红色的天空，回想起了那个雨夜。

那天，他就在这里和林璎在雨中接吻。

虞寥舔了一下嘴唇，像是依旧能感受到林璎双唇的触觉。他最后向四楼望了一眼，恹恹地离开了。

回到家中，他把手机的模式切换成铃声，并且把音量开到了最大，放在茶几上。然后一个人静静地坐在沙发上等待叶茗给他打来电话。

夜色四合，房间中渐渐变得昏暗。手机静悄悄的，像是死了一般。

不知道几点，虞寥在沙发上睡了过去。

咚咚——咚咚——

虞寥从睡眠中惊醒，从窗口探进的阳光让他一时间睁不开眼睛。

咚咚——咚咚——

是敲门声，虞寥反应了过来，于是连忙跑了过去把门打开，门外站着的是叶茗。

"说了给你打电话，干吗还把手机关了？"叶茗一边走进屋中，一边用抱怨的口气说道。

关机？虞寥揉着惺忪的睡眼，想起自己等了整整一夜叶茗的电话。他从沙发上拿起手机，这才发现已经没电自动关机了。

"本来想叫你一起出来吃早饭的。"叶茗在沙发上坐下，摇着手掌给自己扇风。

"昨天到底是怎么回事？"虞寥顾不上说别的，直截了当地问道。

叶茗耸了耸肩膀，脸上露出不明所以的表情："我还想问你呢，究竟是为什么？"

"问我？我怎么知道？"虞寥显得有些激动，"我跑到她家，却被你拒之门外，这就是我全部知道的。"

叶茗不出一声，只是静静地看着他，等他冷静下来。虞寥闭上眼睛，深呼吸了一口，然后缓缓睁开。

"不好意思……"

"别激动，"叶茗说，"我也是摸不着头脑，反正昨天她说不想见你。"

"不想见我？前天在医院的时候还好好的，为什么一下子就不想见我了？"

莫非……莫非是米昊天？

"我也不晓得，反正今天早上我去她家，她就说暂时不想和你见面。你来敲门的时候其实她并没有睡觉，那是我撒的谎，"叶茗说完，用没有受伤的那只手握在了虞寥的膝盖上，"我想方设法帮你问问究竟是为什么吧，或者说服她让你们两个见面自己谈，毕竟是你们的隐私嘛。她若是答应了，我电话通知你。"

虞寥想了下，看来也只能这样："好吧，那就拜托了。"

"昨天和她约好了，现在就过去，这几天等我电话。"说完，叶茗从沙发上站起，露出善意的微笑。

叶茗走后，虞寥给手机充上电，然后打开电视无聊地看着。

天气异常闷热，虞寥坐在沙发上，感觉整个人都汗津津的。

吃完午饭，他躺在地上，脑袋感觉晕乎乎的。

今天大概要下雨了……

为什么林璎会不想见到自己？一天之前两人在医院聊天的回忆开始变得不真切起来。难道是米昊天让她远离自己？林璎不可能相信那个家伙的疯话！

下午的时候，乌云开始密布，瓢泼的大雨从天上一泻而下，像是有谁把天捅漏了似的。虞寥趴在地上，耳畔是巨大的雨声。一条闪电划过天际，给昏暗的屋内带来了不足一秒的光亮，随后雷声犹如炸弹爆炸一般响起。虞寥怀疑是不是地球被这闪电劈成了两半。

虞寥走到楼下，豆大的雨点砸在身上传来丝丝的疼痛。他在雨中走到了那盏路灯下，抬起了头。视野中的世界被雨帘割成了千万份，他全身已经湿透。

他任由雨水冲刷着自己，脑子开始渐渐清明起来，他决定去"宿"找米昊天。

回到家中洗了个澡，虞寥撑开雨伞重新走入雨中。

一个人影穿着雨披站在远处，看见了虞寥后悄悄挪动了脚步。

雨实在太大，以至于雨伞基本成了一种摆设。走到咖啡馆时，他全身又基本都淋湿了。

虞寥收起雨伞，推门走进咖啡馆。一个女服务生似乎认为不会有人在这么大的雨天来喝咖啡，正坐在服务台后面玩着手机。看到虞寥进来时，她愣了一下，随后马上跑了过来，从他手中拿过依旧滴水不止的雨伞。

"一位吗？"女服务生把雨伞装进专用的袋子，露出职业的微笑。

"米昊天在吗？"虞寥用手背擦了擦脸上的雨水。

"你找他？他要五点才上班。"

虞寥望了一眼墙上的石英钟，下午三点："那给我一杯热可可吧。"说完走到空调出风口处的位置上背风坐了下来。

咖啡馆里没有一个顾客，大大的玻璃窗上都是密密的雨点。虞寥打算等着米昊天来上班。

女服务生把热可可送了上来，还送了一小碟薄薄的煎饼。

雨势开始渐渐小了起来，当煎饼差不多全部被吞下肚的时候，咖啡馆的门被打开了。一个穿着无袖衫和超短牛仔裙的时髦女生走了进来，把手中的雨伞递给女服务生，并且说了句什么。

虞寥端起咖啡杯喝了口热可可，那个女生径直朝自己的方向走来。

"介意我坐在这里吗?"女生摘下太阳眼镜,放在了虞寥对面的位置上,她画了深绿色的眼影。

虞寥不知道她想干吗,于是说:"我在等人。"

"那人来了我就走嘛。"女生说着拖开了椅子,坐了下来。

虞寥看着她的指甲,发现她十个指甲涂成了五种颜色。女生的年龄应该和自己差不多,但是这样的打扮让她看起来相当成熟。他不知道这样的女生有什么事情要找自己。

"你不认识我了?"女生对着虞寥露出一个媚笑。

虞寥重新打量了她一番,认定若是自己认识的人中有这种风格的,一定忘记不了,于是说道:"我应该认识你?"

"当然了。"女生说着把左脚从凉鞋中抽出,搁在了右脚上,然后用脚趾轻轻划过虞寥的小腿。

虞寥下意识地向后缩了缩:"你认错人了吧?"

"怎么会?"女生脸上的表情可以称得上是妖艳,"你在我肚子上撞的那下让我痛了好几天呢。"

"绿……绿依?"虞寥看着面前的女生,她竟然是那晚一身朋克风的绿依。等等,那也就是说,面前这人就是两天前打林璎和叶茗的人……

"小姐请慢用。"女服务生把一杯卡布奇诺端到绿依面前,没有附赠的煎饼。

"怎么样,记起我了吧!"绿依端起咖啡喝了一口,似乎咖啡太苦了一些，她皱起了眉头。

虞寥冷冷地问："你干吗对林璎这样？"

"你想知道原因？"

"说！"虞寥低吼道。

"因为你。"绿依轻描淡写地说，一边还用咖啡勺一下下搅拌着杯中的咖啡。

"就因为我撞了你？"

"不，"绿依抬起眼睛，依旧用媚媚的笑容说，"是因为我喜欢你。"

虞寥觉得有些懵，半晌后憋出了两个字："有病。"

"你干吗骂我？"绿依娇嗔道，桌下的脚轻轻踢了虞寥一下，"难道喜欢一个人也有错？"

虞寥觉得有些好笑："也就是说因为你喜欢我，所以才叫人去教训了林璎？"

绿依诚恳地点了点头："因为我吃醋，谁叫那个妖……精喜欢你。"

"你才是妖精！"虞寥怒不可遏地拍案而起。

女服务生朝这里偷偷瞥来了一眼。

"别……别生气嘛，我不是故意的，"绿依小声地道歉，眼神中充满了恐惧，"事后我也知道有些过分了，所以现在才来给你道歉的，你能原谅我吗？"

眼前这个家伙竟然说喜欢自己，开什么鬼玩笑！虞寥颓然地坐回位置，神色萎靡。

"我下次再也不会了，"绿侬的声音怯生生的，"我有时候做事不经过大脑……"

不对！虞寥用锐利的眼神望着她，那目光仿佛要探到她的眼底："你怎么知道我在这里？难道是米昊天说的?"不对，米昊天还没有上班。自己自打定主意要来这里找米昊天后根本就没和别人说过话。她怎么会知道自己在这里？

听到米昊天的名字，绿侬的脸上僵了一下，随后马上恢复了原先的神色："没有人和我说过，是我跟踪你来的。"

"跟踪？你跟踪我?"虞寥不自觉地提高了声调。

绿侬又怯生生地说："跟踪自己喜欢的人，难道很奇怪吗?"

虞寥不相信她的鬼话："骗人！你怎么会知道我家?"

"因为那天我跟踪了林璎呀。"她像是在炫耀自己的功绩似的。

一切都明了了。虞寥突然感觉到全身没有一丝力气。那天绿侬跟踪着林璎而知道了自己家的地址，并且因为林璎来找自己而心生妒忌，于是次日早晨在小巷中打伤了林璎和叶茗。

怪不得米昊天会叫自己离林璎远一些，原来这一切真的是因为自己。

虞寥望着坐在眼前的这个妖艳的女生，感觉这一切就仿佛如同梦境。

因为自己用膝盖撞了她，所以她喜欢上了我。这怎么可能！

"我不相信。"虞寥有气无力地说。

"不好意思给你带来了这么多困扰，其实我人挺好的……"

"滚！"虞寥用最后残存的气力暴吼了一声。

"好，好。我这就走，别那么凶嘛。那下次再见。"绿依说完站了起来，走到服务台前买了单，然后推开咖啡馆的门走进了雨中。

虞寥看着咖啡桌对面那杯依旧袅袅上升着热气的卡布奇诺，心如死灰。

第七章

雨停了，乌云散去，一缕阳光透过玻璃窗碎成几束折射进来。

米昊天一进咖啡馆的门就看见了坐在远处的虞寥。他没有理会，径直走进后厨换上了制服，然后站在服务台的后台。

"那个人是找你的。"女服务生说道。

米昊天眨了下眼睛表示明白，但是依旧没有挪动脚步。

虞寥没有看见米昊天，他的眼睛虽然睁着，但视野中却什么也没有看见。事情的发展出乎了他可以接受的范围，自己竟然成了导致林璎和叶茗受伤的人。

"请问……您还要点别的吗?"墙上的钟已经指到六点，女服务生见米昊天依旧不理睬他，只好走过去问道。

"不了，谢谢。"虞寥机械地回答。

"那个……米昊天已经来了。"女服务生微微弯下腰，轻声提醒他。

"米昊天?"虞寥有些迟钝地把头转向女服务生。

她已经看出来眼前的这个男生受到了什么刺激，于是耐心地说:"他已经来上班了，你不是在等他吗?"

虞寥渐渐回过神来，点了点头。事到如今，已经没有找米昊天的必要了。他付了热可可的钱，从位置上站了起来，走到咖啡馆的门口，推开门走了出去。

米昊天依旧一动不动地站在服务台的后面，仿佛压根就没看见有人离开了咖啡馆。

暴雨过后的空气中有一股沁人心脾的泥土清香。

下班的人流在街上涌动，虞寥不知道自己要去哪里，任凭脚步把自己带向远方。

不知不觉地，他发现自己竟然走到了林璎家楼下。他抬起头望向四楼，那里有着一个因为自己而受到伤害的女生。

他想上楼去道歉，但双脚就如同被人钉在了地上一般无法挪动。

不要冲动……他告诫着自己，现在他可以做的就是等待叶茗的电话，然后和林璎解释所有的一切。自从三天前林璎来家中找他之后，他明白了自己是多么不愿意失去她，虽然他无法爱上她。

夜幕渐渐降临，天边的最后一抹红色也消失在了地平线。一种深紫色开始笼罩整个世界。

虞寥回到家中，没有吃晚饭就把自己一个人关进了卧室中，然后打开空调倒头就睡。

不知几点的时候，他从睡梦中醒来，他走到客厅给自己倒了杯威士忌，然后趴在窗口静静喝完。楼下的路灯一如既往地亮着，看久了会有一种像是看见了永恒的感觉。

路灯下没有人影。

叶茗打来电话是在整整三天之后。

虞寥看见手机屏幕上显示着"叶茗"二字，第一反应是掐了一下自己的大腿，确认是否是自己产生了幻觉。

"在家？"叶茗在电话那头寒暄道。

"怎么样？"虞寥忙问。

叶茗听他如此急切，也就不再多说废话："说服她费了不少心思，明天早晨十点怎么样？"

"我去她家吗？"

"不，不。学校边上那家冷饮店门口，地点是我选的，我想边喝点东西边聊，你们两人都能感觉容易一些。"

虞寥听得有些感动，生日那晚之后心中对他的芥蒂一时间消失得干干净净："实在太感谢你了。"

"客气什么嘛，我们可是好友呀。对了，虽然我不知道你们之间到底发生了什么，但是有一点你必须向我保证，不管怎样你都不能再伤害她，明白了吗？"叶茗的语气十分严肃。

"我保证。"虞寥听他说到伤害,胃部不由一阵紧缩。

挂下电话,他独自喃喃地说:"我保证……不再伤害她……"

第二天早晨,虞寥在九点半就到达了约定的冷饮店。

数天前的那场大雨所带来的凉爽已经消散,天气重新变得闷热起来。虽然还没到正午,但是脚踩在柏油马路上已经有些黏糊糊的了。

虞寥要了一杯冰镇的伯爵奶茶,面对着窗户坐了下来。这几天,他把整个事件梳理了无数遍。那日两人在医院分开后,绿依一定见过了林璎,并且说了什么,所以林璎才会突然转变了态度,不愿见到自己。这样一来,整个事件就能说得通了。

但是他依旧无法相信绿依对他亲口所说的原因,像她这样的女生怎么可能会喜欢自己!那么绿依这么做的目的又是什么呢?难道自己只是她计划中的一颗棋子,为的是要以此为借口而折磨林璎?他不知道林璎和绿依的过去,想不出她有什么深仇大恨需要做到这样的地步。

九点五十分,离约定的时间还有十分钟,虞寥用牙齿咬着奶茶的吸管,内心有点微微的紧张。

窗外有一棵粗壮的悬铃木,一片硕大的绿色叶片从枝头飘下,带着优雅的舞姿缓缓落在了地上。

冷饮店的门吱呀一声被推开,虞寥立马把目光投了过去。他顿时觉得头皮一阵发麻,走进店中的人竟然是绿依。

她在店内张望了一下,看见了虞寥,墨镜下的红色嘴唇露出了一个笑容。

"给我一杯加冰的原味奶茶吧。"绿依走到服务台前说了一声，然后走到虞寥身边坐下。

她为什么会来这里？难道又是在跟踪自己？

虞寥拿起自己的伯爵奶茶，想要转身离开。

"亲爱的，你是在等人吗？"绿依用手挽住虞寥的手腕，把墨镜拿了下来。

"和你无关。"虞寥挣脱她的手，冷冷地说。

绿依把随身的拎包放在了桌上，用一只手支撑着下巴："你还真是冷淡。"

虞寥不理会她，向冷饮店的门口走去。

"这样我可会整整一天都跟着你的。"绿依望着窗外，用有恃无恐的口气说道。

虞寥犹如后脑遭到了一下重击，若是她一直跟着自己，那他好不容易对林璎解释的机会就……

他转过头，走到她身边，恶声道："你究竟想要怎样？"

绿依转过头看着他，妖艳地笑了笑："我只不过想让你喜欢上我罢了。"

"你是在做梦！"

她露出受伤般的神情："你是不是对女生都那么凶？"

虞寥没好气地看了她一眼，用命令的口气说："你不准再跟着我！"

"我偏要。"绿依说完,露出狡猾的笑容。

虞寥看了一眼时间,离十点只有不到五分钟了:"现在我没工夫和你闲扯,要不这样,找个时间我们好好聊一下,如何?"

"你是在等她吗?"

虞寥知道她说的是林璎,但是他不知道自己该不该承认。

绿依接过服务员递上来的冰镇奶茶,美滋滋地喝了一口,然后说:"你就不怕我再……"她没有再说下去,意味深长地看着虞寥。

"你敢!"虞寥恨不得把手中的奶茶杯朝她砸去,"我警告你,你要是再动林璎一下,我让你也变成血依!"

绿依的眼神中闪现出了恐慌,但她还是保持着脸上的媚笑:"好吧好吧,我只是说说罢了,你何必那么激动呢!这样吧,只要你满足我一个要求,现在我就马上消失,绝对不跟踪你,怎么样?"

"说!"

"Kiss me."说完她直勾勾地看着虞寥。

"做梦。"虞寥没想到她竟然会提出这样的要求。

绿依耸了耸肩膀,转回头去喝了口奶茶,然后幽幽地说:"你若是不吻我一下,我今天就跟定你了。给喜欢你的女生一个吻,难道那么难吗?这只不过是个小小的要求罢了。"

虞寥握着奶茶杯的手微微发抖,脖子两侧的青筋开始凸显。

"你和她接过吻吗?"绿依的声音中有了一丝幽怨。

虞寥沉默，他想起了那个雨夜。

"你可以爱上她，为什么就不可以爱上我？"绿依重新抬起头看着虞寥，眼神中有一种坚定，"我要把你从她身边夺走！"

"我并没有爱她。"说出这句话时，虞寥感觉自己变成了一个泄了气的皮球。

绿依对这样的答案似乎有些惊讶："既然如此，那你就更可以吻我了。我只是要求一个吻，然后你今天就可以放心地去见她。"说完后，她闭上了眼睛，向上轻轻撅起双唇。

虞寥看着她那鲜红欲滴的双唇，心中不知如何是好。和林璎约定的时间已经到了，她随时都会出现。

该怎么办？他不能失去这次跟林璎解释的机会……

只要轻轻吻她一下……

虞寥艰难地在她身边的位置上坐了下来，缓慢地把脸靠了过去，然后闭上眼睛把自己的嘴唇放到她的双唇上。

温暖的触觉……

绿依一把抱住虞寥的头，狠狠吻住他的嘴唇，伴随着吮吸。

虞寥瞪大了双眼，脑子一片空白。等反应过来时，绿依正一脸悠然地喝着奶茶。

"谢谢。我遵守刚才的承诺，这就消失。"绿依满足地笑了下，掏出手机，拨了个号码，然后起身走出冷饮店。

林璎站在那棵悬铃木的树干后面，泪水忍不住夺眶而出，一滴一滴落在地上。

为什么……为什么……

原来一直以来自己不愿相信的猜测是真的。

她任凭泪水如雨一般地落下，手的指甲深深地嵌进了树干里。

从冷饮店走出的绿依在街道上匆匆穿过，林璎又一次看见了她的手机链——那条单月送给他的水晶月亮。

时间一分一秒过去，虞寥坐在店中频频确认时间。已经是十点，为什么林璎还没有出现？他用手背轻轻擦了一下嘴唇，一抹殷红色出现在了手背的皮肤上。他有点不敢相信，刚才自己竟然吻了绿依……

十点半时，他走出冷饮店，心中着急万分。难道林璎又遇到了什么意外？他掏出手机，翻到林璎的号码，犹豫着是否要按下。正在这时，手机突然振了起来，屏幕上"叶茗"两字闪烁着。

他接起手机："喂，叶茗，为什么林璎……"

电话那边传来叶茗暴怒的声音："混蛋！你做了什么？"

虞寥被他的语气所震慑，只是呆呆地拿着手机。

"混蛋！你又对她做了什么？"叶茗的声音听起来咬牙切齿。

"不要这样……"电话那端出现了林璎的声音，随后电话被挂断了。

虞寥怔怔地站在原地，阳光如同瀑布一般，眼前有光晕在来回舞动。

虞寥又回到了暑假一开始的状态，整天待在家中与网络游戏为伍。

不和任何人说话，也没有任何人和他说话。

那天之后他给叶茗和林璎打了无数个电话，但一次也没人接起过。他跑去林璎家敲门，门内也没有回应。林璎和叶茗像是突然间从这个世界消失了，不，是从他的世界消失了。

唯一可以值得安慰的是，因为自己的缘故，林璎不再排斥叶茗。

果然注定要失去的东西再也无法挽回。

酷热的八月总算要挨到尽头了。

虞寥从卧室的角落中拿出书包，心想自己就要迈入高三的生活了。这一个月的时间他渐渐接受了林璎从他身边消失的事实，但是依旧对上学后如何面对她心怀恐慌。

到时候是不是可以解释清楚呢？

每当他想起自己屡次伤害了林璎，眼底只有深深的悔恨。

若是不行的话，再离开就可以了……

离开风鸣镇……

八月最后一天的晚上，虞寥走在阒无人迹的街道上。下午的时候下过一场大雨，迎面吹来的风中依旧残留着雨的气息。

他走到米昊天打工的咖啡馆，看着里面通明的灯火，虞寥并不想去找他，但是却想喝一杯热可可。

"欢迎光临。"米昊天对他欠了欠身，仿佛从未认识过他。

虞寥并不介意，找了个喜欢的位置坐了下来，然后对跟在身后的女服务生要了一杯热可可。

"慢用。"送热可可上来的是米昊天，放下热可可后他转身离去。

咖啡馆中只有寥寥数名客人，不知名的爵士乐在空中悠扬地飘荡。虞寥望着窗外寂静的街道，一口口地喝着杯中的热可可。

夜渐渐深了，咖啡馆中的客人开始逐一离去。虞寥喝干最后一口热可可，正打算起身，一个人推门走了进来。

身影有些熟悉，虞寥压了压头上鸭舌帽的帽檐，辨认着来者。

绿依！

虞寥认出了来者是绿依，难道她又是跟踪着自己来到这里？自从那次在冷饮店中分别之后，她就没再出现过。

绿依进门后并没有朝他走来，而是向服务台的内侧张望着什么。过了一会儿，她走到最靠门的一张咖啡桌前坐了下来。

虞寥可以看见她的侧脸，她画着浓妆，左手的中指上带着一枚银色的戒指。他意识到她并不是尾随着自己来到这里，并且还未发现自己的存在。

她来这里做什么？一定不是专程来此喝咖啡的。上次两人在这里见面时他已经注意到绿依并不是一个喜爱咖啡的人。

米昊天！虞寥意识到，她来这里的目的一定是找米昊天。

绿依坐在位置上，眼神总是瞟向服务台，像是在等待着什么。一会儿后，米昊天端着一杯咖啡从里面走了出来，绿依的脸上顿时布满了笑意。

米昊天还没走到跟前，绿依就张开嘴唇开始说话。虞寥听不清她在说什么，不过能看见她脸上的笑容中多了一份讨好的意味。米昊天如同往常一样，铁着脸什么表情也没有，放下咖啡后就转身离去。

这一切已和自己无关……

他想起身离去，但又不愿让绿依认出自己，于是他只好耐心地等着她先离去。

即将凌晨，女服务生走到虞寥面前提醒他咖啡馆就要打烊了。虞寥点点头，拿出钱包付了热可可的钱。

在咖啡馆熄灭第一盏灯的时候，绿依终于从位置上站起，走了出去。虞寥长长地呼出一口气，等了半分钟也起身走出了咖啡馆。

走到咖啡馆旁的小巷口，他听见了绿依的声音。虞寥停下脚步想了想，最终还是悄悄迈进了小巷中。

咖啡馆的后门，月光下站着两个人影。

"我说过了，你别再来这里找我。"米昊天的声音一如既往的冰冷。

"别那么说嘛。对了，下班饿了吧，我给你带了蛋糕。"虽然传来的是绿依的声音，但是和之前听到过的都不同，这次的声音中虞寥感觉到了无限的柔情。

沉默……

米昊天没有回答。

"我喂你吃吧，来，张开嘴，啊……"

米昊天转过身，没有理会绿依，双手插兜朝远处走去，背影透着一股倔傲。

"等等我，昊天。"绿依说着追了上去，挽住了米昊天的手臂。

米昊天把手一甩，挣脱了她："别跟着我。"

绿依的身影呆呆地在原地站了数秒，又追了上去……

虞寥从小巷走出，沿着大路往家走。月亮被云遮住了，只有星辰寂寥的光点闪在空中。

果然，绿依那番喜欢自己的话全是骗人的。按今天所看到的情景，她应该深深地喜欢着米昊天才对。

那她当初为什么要这样和自己说呢？难道真是为了利用自己来达到伤害林璎的目的。虞寥想不出是怎样的仇才能让一个人假装去爱上别人。

爱怎么能成为一种工具！

虞寥回到家躺在床上，心想开学后怎样才能跟林璎解释清楚彼此间的误会。一个人影渐渐浮现在自己的眼前。

或许只能去拜托单月了。

高三的生活终于开始，虞寥像是捡到了救命稻草一般把自己埋入成堆的作业之中。

夏天渐渐就要过去，操场边上的杂草已经开始结出了草籽。

林璎和叶茗在开学的第一日一起走进教室，虞寥在她的脖子上看见了那串铂金项链。之后两人就如同情侣一般形影不离。虞寥总是不自觉地用眼角偷偷看他们，每次心中都会溢出一种酸涩。

一节体育课的自由活动时间，他把单月叫到了操场的一角。开学后单月依旧像往常一般对自己微笑，但是他能感觉出其中有了一丝防范。

他把暑假发生的事情一点不落地告诉了单月，她则在阳光下静静地倾听。

"单月，请相信我，这里面没有半句谎言。"虞寥把一切都说出后，心中顿时感觉轻了许多。

单月陷入了沉思，显然她在林璎那边听到的故事是另外一种版本，过了许久她露出少有的严肃表情："若是你需要，我可以把你的话转告给小璎，但是……你真的希望我这么做吗？"

虞寥疑惑地看着她，不明白她是什么意思。

单月用手指轻柔地拨了下刘海，眼中能看见一汪浅浅的忧伤："虽然我更愿意相信你所说的这个事实，因为我一直不愿相信你会对小璎做出那样的事情。但是，即使你说的是事实，小璎所受的伤害也已经无法挽回。现在她和叶茗幸福地在一起，但若知道了这个事实后，她会陷入无尽的矛盾之中。她一定会因此而原谅你，但同时她也会因此把自己再一次推入挣扎的深渊。虞寥，你愿意看见她这样吗？"

虞寥无言以对。单月说得一点没错，如今林璎已经接受了这样的事实，并且接受了叶茗。他的辩解能给她带来的，只有更多的伤害。

单月轻轻用手捏住了他的小指："虞寥，你爱小璎吗？"

虞寥愣怔地抬起头，看着她如秋水般的双眼，微微摇了摇头。

"既然你无法用爱去治愈她的伤口，那就不要再伤害她了，好吗？"

虞寥闭上了眼睛，阳光落在眼睑上，视野中是一片浅浅的黑暗。良久，他睁开眼睛，点了点头："你说得对。"

单月有点感激又有点爱惜地看着他："对不起，让你做了这样艰难的决定。"

有些事情，既然已经错了，那就一直错下去吧……

有些人，既然已经离开，那就不要再伤害……

一个多云的周日，树叶上已经显现出了秋的信号。

虞寥坐在公交车上，道路两旁的行道树齐刷刷地向后退去。

天气晴好，一个百分之三百适合看海的日子。

早晨七点，手机开始嗡嗡作响。**虞寥把头埋进被子**，难得的周末竟然有人在早晨七点打来电话，这让他有些抓狂。无奈手机的嗡嗡声丝毫没有停止的意思，虞寥只好伸手从床头柜把手机拿到耳边。

"虞寥呀，你应该还没起床吧。"传来的是母亲的声音。

虞寥揉了揉惺忪的睡眼，尽量驱散一些睡意："妈妈，这才七点。"

"哈哈，正是因为还只有七点，所以才特意来吵醒你的。"母亲的声音中明显带着一种快意。

虞寥无奈，自己的这个母亲有时候就会有点脑子进水："那到底有什么事情？"

"没什么事情，妈妈刚刚晨练回来，突然间就想起你了。"

"晨练？"虞寥知道母亲从未有过晨练的习惯，"是不是又听了那个医生的胡扯，所以连周末的懒觉都放弃了？"

"虞寥！"母亲的声音中带了一份严厉。

虞寥终于驱走了最后的一丝睡意，在床上坐了起来，不甘示弱地说："他本来就是个医生。"

母亲在电话那头叹息了一声："好啦，我们不说他了，行吗？最近你过得怎样？"

"马马虎虎。"虞寥应付道。

"高三的学习紧张吗？"

"马马虎虎。"

"怎么什么都是马马虎虎？"母亲对他这样的应付态度有些不悦。

"妈。"虞寥叫了一声，但是后半句话却未能说出。

母亲察觉到了一丝异样，问道："怎么了？有事？"

虞寥想了想，还是说道："妈，我能不能离开这里？"

"怎么？想要走？"母亲的语气中夹杂了一份担忧。

"只不过随便问问罢了。"虞寥尽量把语气放轻松。

"发生了什么不愉快的事情吗？"

"没有，"虞寥否认，"说了只是随便问问。"

母亲沉默了一会儿，开口道："虞寥，当初可是你不愿与我们生活在一起，所以才住在了风鸣镇。我不知道这次你发生了什么事情，但妈妈想问你，难道你又要选择逃避吗？"

逃避……虞寥的心中犹如被刺进了一把利剑。是的，他选择了风鸣镇正是为了逃避，逃避他所不愿面对的事实。

"妈……"虞寥有些怯懦。

"外面的天气不错哦，看样子今天也不会很热。心情若是不好的话，就去海边看看吧，吹吹海风就会知道无论什么都会过去的。"

好吧，那就去海边好了。他还未曾独自去过风鸣镇的海边。

公交车的排气管喷出黑黑的烟，渐渐驶向了远处。虞寥一直目送着它在视野中消失。

大概是因为天空中布满了细浪般的云朵的关系，今天的大海显得格外的蓝。

有几只海鸟站在不远处的礁石上，那神色像是在守望着什么。

海潮味沁入肺中十分让人惬意，海浪的声音犹如一首安眠曲，低低地在耳畔回响着。

虞寥沿着防波堤慢慢向前走，视野中的景色随着脚步发生着细微的变化。公交车的站牌渐渐隐没，一块礁石出现在了远处。

走累了，他在防波堤上躺了下来，看着天空中云朵的流转。

母亲说得对，他不能总是选择逃避。父亲死后，他和母亲一起用记忆继续编织着生活，直到那个男人的出现。那个男人闯进了母亲的世界，然后又不由分说地闯入了他的世界。母亲脸上的笑容渐渐多了起来，就像是回到了父亲还在的那个时候。有一天，母亲说她要与那个男人结婚，在另一个城市重新组建一个家庭，并且在那个家庭中还会多一个与他年龄相仿的男生。他知道是那个男人把母亲从失去父亲的低谷中带了出来，他知道母亲这样的决定他不能反驳。但是他不喜欢那个男人。原因很简单，因为他并不是父亲。他无法和一个跟自己没有丝毫关系的男人在一起生活，所以他选择了逃避。他把母亲留给了那个男人，换来了风鸣镇的高中生活。

他闭上眼睛，让海风温柔地抚摸着皮肤，让自己陷入海洋温暖的臂膀。

有谁在身边，一种熟悉的感觉。虞寥缓缓睁开眼睛，眼前映出的是单月恬静的脸。

"今天怎么想到来海边了？"单月在他面前蹲了下来，胸前的长发在他的眼前轻轻晃动着。

"你怎么也在？九月的旅行？"虞寥仰视着她，从这样的角度欣赏着她的美丽。

单月露出她那如莲花般的笑容，然后在他的身旁坐了下来："早上醒来的时候就感觉到今天是个适合看海的日子，所以就来了。"

虞寥微微转过头，看着她手臂的曲线："我妈妈也这样说。"

"你是在拐着弯说我老了？"

"不不，我的意思是你们都那么聪明，您别想歪了，阿姨。"虞寥贫嘴说道。

单月听到"阿姨"两字，忍不住哼了一声，然后举起一根手指在虞寥的胃部戳了下去。顿时疼痛袭来，他惨叫了一声，被迫坐了起来。

"再叫你乱说！"单月又用手指在他的腰上戳了一下，虞寥像是触电一般整个人向一侧弹了过去。

虞寥露出讨饶的神情："住手！住手！我投降。"

单月有些得意地看着他，伸着手指在空中晃了晃。

虞寥坐回到她的身边，感受从她身体上所散发出来的特有的气息。这是一种小小的幸福，轻轻抚慰着他心灵上的伤口。

"心情不好吗？"两人看了一会儿海，单月开口道。

虞寥沉默。

"因为和小璎的事情？"

虞寥依旧沉默，然而眼神已经出卖了他。

"对不起……是我太自私了，"单月愧疚地说，"是我太为小璎着想了，让你一个人忍受这么多的痛苦。"

虞寥摇了摇头："不，不是你的原因。这是我如今唯一能为她做的事情。"

"虞寥……你真好。"

单月的声音很小，一出口就被海风刮向了远处。但是虞寥还是听见了，因为这五个字，他的内心深处得到了莫大的慰藉。

一个大胆的念头掠过了脑海，他想在这里跟单月表白。母亲说得对，他不能选择逃避。无论是林璎，还是单月。他喜欢她，在转学的第一天就喜欢上了她。半年的时间里他一直以各种借口搪塞着自己，一直想方设法不让自己直面这份感情。然而无论怎样的逃避，他都无法否认自己已经深深地喜欢上了身边的这个女生，一个叫作单月的女生。

大海，礁石，防波堤，白云。

在这样的地方告白，应该不会太困难吧？

可是没有礼物，没有鲜花，甚至连一封情书也没有。两人只不过是在这里偶遇，就这样告白的话会不会显得太过唐突了呢？

"想什么呢？"单月望着两眼失神的虞寥，用手推了推他的肩膀。

"告白。"虞寥脱口而出。

"告白？"单月愣了愣，"跟谁告白？"

虞寥回过神来，茫然地望着她。刚才……自己说了什么？

见虞寥没有回答，单月提起了兴致，用手推着他的肩膀催促道："快说快说，你要向谁告白？"

虞寥的心里开始挣扎，不知该不该说出口。

不能逃避……不能逃避……

虞寥深深地呼吸了一口，然后把严肃的眼神放到单月的脸上，一字一字地说道："单月，我喜欢你。"

单月没想到他所说的告白竟然是对自己。她看着他的神情，意识到虞寥并不是开玩笑，于是温柔地说："谢谢。"

虞寥屏住呼吸，脑中飞快地分析着单月所说的"谢谢"究竟是什么意思。

"谢谢你，虞寥，"单月蜷缩起了双脚，然后用两手环抱住，看着大海，"谢谢你喜欢我。"

"单月……"虞寥已经感觉到了她话中的意思。

"对不起……我现在还不能喜欢你。"

"为什么？为什么不能喜欢我？"虞寥感觉自己的心一下子变得空空的，整个人有一种一直在往下坠的感觉。

海风把她的长发吹起，她的脸上依旧挂着安静的笑容："对不起……虞寥。"

虞寥陷入了久久的沉默，他虽然没有逃避，但是却失败了。理智渐渐回到他的脑海中，他想起了一个人。

"单月，能回答我一个问题吗？请不要欺骗我，好吗？"

单月转过头，看着他，轻轻点了下头。

"是因为米昊天吗？"

听到这个名字，单月仿佛陷入了历史的回忆中，嘴角勾起一丝幸福，好久，她承认说："是。"

"你喜欢他？"

"喜欢。"

"所以你说不能喜欢我，对吗？"

"对不起……"单月一脸歉意。

虞寥笑着摇了摇头："没关系，我会等你，等你喜欢上我。"

虽然表白失败，但是虞寥并没有感觉到绝望。

难道是因为他的竞争对手是米昊天？他记起自己曾经在路灯下问过米昊天，他否认了自己喜欢单月。可是，他说的是真话吗？

或许是因为他目睹了叶茗追求林璎的过程，所以心中对自己还有着信心。

不管怎样，他不会再选择逃避，也不会轻易地放弃。

那可是属于自己的爱呀！

虞寥吃了简单的晚饭，然后坐到卧室的书桌前开始预习明天的功课。不知不觉，时间已经到了十点。虞寥走到客厅，看了一眼酒柜，林璎送的 JOHNNIE WALKER 已经喝完，但他保留着空空的酒瓶。他决定从今天开始不再故意保持父亲生前的这个习惯。

他洗脸刷牙，然后关了客厅的灯，回到卧室躺下。睡意渐渐降临时，却响起了敲门声。

敲门声仅仅响了两次，之后便陷入沉默。

是有人敲错了门？虞寥侧耳倾听，只有一片沉寂。他在床上躺了一会儿，但总觉得有些不放心，于是穿上拖鞋走出卧室，轻轻打开了门。

果然有人。

来者是米昊天。

虞寥知道他不可能无缘无故来找自己，于是打开了客厅的灯，请他走了进来。

米昊天一声不吭地在沙发上坐下，虞寥走进厨房烧水冲了两杯速溶咖啡。

"今天怎么不在路灯下等了？"虞寥把咖啡递到他面前，打趣道。

米昊天接过咖啡，用一贯冷淡的口气说："有事找你。"

废话，要是没事的话我都不会让你进门。虞寥也在沙发上坐下，不过和他之间隔了一个位置："说吧，什么事情？"

"关于林璎。"米昊天盯着咖啡，像是在跟咖啡说话。

虽然虞寥知道事情必定和林璎有关，但他还是忍不住说："又来给我下达什么命令？我已经离她远远的了，莫非这次我得离开这个城市？"

"不是，这次是让你重新去接近她。"米昊天没有理会他言语中的不善。

虞寥被他的话噎了一下，然后整个人被激怒了："你这家伙是不是脑子有病！"

米昊天伸出手来抓住虞寥的胳膊向下摁了摁，示意他冷静。然而虞寥一把甩开他的手，米昊天杯中的咖啡有不少洒在了裤子上。虞寥这才停止了暴怒，跺了下脚后给他拿来了纸巾。

米昊天接过纸巾不急不缓地擦着裤子上咖啡的印渍，边开口说："你先不要激动，我给你解释。"

解释？虞寥不由冷笑了几声，他没想到原来米昊天也会解释。

"林璎被打的事情很蹊跷，"米昊天把擦完的纸巾放到茶几上，然后喝了一口咖啡，"先前你们逃脱的那次确实是由铁哥所策划的，为的是给老大挽回面子。不过老大知道后就马上吩咐了以后不准再有类似的行动。"

"那也就是说真正打伤林璎和叶茗的那次和他没有关系喽？"

米昊天点了点头："铁哥平常做事都是唯老大马首是瞻，我一开始都不肯相信你们逃脱的那次是铁哥所策划的。"

"我不管铁不铁哥，我只想知道打伤林璎那次谁是主谋。"

"就是第一次被你用膝盖撞了肚子的那个绿依。"

真的是她？虞寥皱起了眉头："她和林璎有着深仇大恨？"

米昊天摇摇头："据我所知，没有。"

"那为什么她要这么狠毒？打了林璎还不够，还要假装喜欢我，然后让林璎看见。"

"假装喜欢你？"米昊天有些疑惑，终于把目光落在了虞寥的脸上。

看样子他还不知道，虞寥想了想，随后把绿依在咖啡馆和冷饮店所说所做的都一一告诉了米昊天。

听完虞寥的叙述，他低着头沉默不语。

虞寥突然想起那晚绿依在咖啡馆等米昊天下班。既然他已经知道打伤林璎的是绿依，为什么还愿意让她陪自己下班？难道……

"你最好不要撒谎，不然就别想轻易走出我家，"虞寥用冷冷的口气说，"你和绿依是不是同谋？"

"不是。"

"那她为什么喜欢你？"

"那是她的事情。"

"你明知道是她打伤了林璎！"

米昊天把咖啡杯放到茶几上，抽出纸巾擦了擦嘴角："我之所以忍受她是因为想要找出伤害林璎的究竟是谁。"

"打伤林璎的不就是绿依吗？"虞寥听着他自相矛盾的解释，心中一阵疑惑。

米昊天盯了虞寥良久，然后才继续说道："我总觉得事情没有那么简单。绿依虽然从很早之前就看不惯林璎，但不至于要用假装喜欢你这样的伎俩去伤害她。其实我一直都没有怀疑过你，但是可以感觉出来其中的事情和你有着关联。林璎前一天去找你，第二天的早上就被打伤。那时候我之所以叫你远离林璎，为的是不再把她陷入危险的境地。"

　　虞寥一脸疑惑："那这次为什么又要我去重新接近林璎？"

　　"我相信只要你重新接近林璎，真正处于幕后的人就会再次行动，到时候就能看清这究竟是个什么圈套。"

第八章

清晨学校的门口。

推着脚踏车的学生络绎不绝地走进学校，虞寥站在马路的对面，眼睛在人群中不停地搜索着。第一节课的预备铃已经打响，他时不时用手指抹一下鼻尖，眉宇之间可以感觉到他有些微微的紧张。

林璎和叶茗出现在了远处，两人肩并肩走着，一边还吃着手上的蛋饼。虞寥远远地看着他们，手心开始出汗。一个多月来自己与他们已经形同陌路，如今要主动去接近林璎，他的心底有些犯怵。

"还是不要过去自讨没趣了吧。"虞寥心底有个声音轻轻开口。

但是，米昊天的担心不无道理，他不能眼睁睁地看着林璎陷入圈套之中。他吞下一口唾沫，穿过马路径直向两人走了过去。

林璎率先看到穿过校门口向自己走来的虞寥，嘴中咀嚼的动作不自觉地停了下来。

虞寥？虞寥？她感觉到有一根刺慢慢插入了她的心脏，记忆的大门被突然打开，那些痛苦的回忆顿时涌了出来。

叶茗也发现了他，于是摆上了一张厌恶的表情，向前跨了一步挡在林璎的面前。

"你要干什么？"叶茗伸开了双臂，如同天使一般保护着她。

虞寥没有理睬，看着林璎的眼睛，然后轻声说："林璎，我能和你单独说一会儿吗？"

"不能！"叶茗移动头部，挡住了他的视线。

"又没问你！"虞寥朝着他的脸大吼了一声。然后侧过头重新盯视着林璎，再轻声说道："就半分钟。"

林璎站在原地，脸上交杂着惊恐、不解和悲伤。

三人之间的空气开始变得滞重，有路人向他们投来不解的眼光。第一节课的铃声响起，迟到了的学生拔开腿跑进校门。

"叶茗，你先进去吧。"僵持持续了很久，林璎终于开口道。

叶茗缓缓放下展开着的手臂，转过头对她露出不解的神情。

"就半分钟。"林璎抬起眼睛看着虞寥，淡淡地说。

叶茗有些不甘，狠狠瞪了一眼虞寥，走向了学校的大门。虞寥松了一口气，用温柔的目光看着眼前这个被自己伤害了的女生。

"说吧，什么事情？"林璎咬了一口蛋饼，露出对他不屑的眼神。

虞寥打开书包，递上一个用袋子装好的便当盒："这个给你。"

林璎整个人向后缩了一下，像是被什么东西刺到了，但脸上依旧保持着那强装出来的不屑："无事献殷勤，非奸即盗。有话直说，半分钟就要到了。"

"对不起。"虞寥下垂着目光，吐出三个字。

"不用。"林璎冷冷地撇下一句，与他擦身而过走向校门，脸上的肌肉微微抽搐着，像是在极力忍受着什么。

虞寥把便当盒放回书包，抬头望着路旁的樟树，长长地吁了一口气。

他终于向她道歉了……

课间休息的时候叶茗在男厕所的门口堵住了虞寥，质问道："你跟她说了什么？"

"跟她道歉。"虞寥老实回答。

"不需要！"叶茗一脸的厌恶。

虞寥被他那种语气激怒，上扬起下巴问："谁不需要？"

"她不需要你的道歉，她需要你消失。"

"可是我需要呀。"虞寥从嘴角露出一抹假意的笑容。

叶茗伸出手在他的左胸上推了一把："你真自私。"

自私……虞寥被推得摇晃了一下，没有向后退步。他的假笑更浓了一分："你说得对，我是自私，但是有谁不自私呢？"

叶茗无言以对，半晌后说："虞寥，我算看错了你。"

虞寥的声音中带上了一份嘲笑："你自己说过的话难道忘了吗？无论是谁都不会把真正的自己轻易地展现示人。"

叶茗恼怒地看着虞寥，那神情仿佛是要把他吃下肚中。虞寥不理会他，走回到洗脸池边上拧开水龙头，给自己洗了个脸，然后目无旁人地走回教室。

他早已经做好了忍受冷嘲热讽的准备，若是想要找出事实的真相，这是不可避免的煎熬。

单月数次感觉到了林璎向虞寥投来窥视的目光，她隐隐察觉他们两人之间发生了什么。

自修课的时候她忍不住轻声开口问道："虞寥，你们怎么了？"

"早上我在校门口向她道歉了。"虞寥早就预料到她会察觉，但是没想到这么快。

"你把所有事情都说了吗？"

虞寥摇摇头："我仅仅是向她道歉而已。"

单月若有所思地"嗯"了一声，脸上流露出了担忧的神色。

虞寥看着她，内心有些不忍，想要把自己的计划对她全盘托出。但是理智拒绝了他这么做，他不想把单月带入危险之中，即使是千分之一的危险，还有⋯⋯他不愿向她提起米昊天。

接下去的日子，他开始每天早早来到学校，在林璎的抽屉中放上一盒便当。林璎来到教室后从抽屉中把便当拿出，一声不吭地放回到虞寥的桌上。他什么都没有说，收起便当，在中午时一个人默默吃完。

叶茗不止一次朝他发火，甚至把一瓶拧开了的饮料扔在他的身上。虞寥不再反驳，只是从他身边无声地走过。

唯一能让他担心的，就是单月。她脸上的担忧一日浓似一日，每天早晨看着林璎把便当摔在他的面前后都用眼神祈求他不要再继续下去。

不知道是谁在胡说八道，关于虞寥的风言风语开始在班上传开，各种版本的传言中他无一例外都是一个无耻的混蛋。他勾搭上了社会上的不良女生，然后唆使那女生教训了林璎。班上的同学渐渐孤立了他，但是虞寥却不做任何解释。

半个月后，事情在一天的早上终于有了些微微的变化。

虞寥第一个走进教室，照例给林璎的抽屉中放入一早起来精心准备的便当。为了能在四点起床做便当，他每日在九点就早早地上床睡觉了。

窗外有鸟儿的鸣啭，他把下巴放在手掌上，看着渐渐变亮的天空。

第一节课快要开始时，林璎和叶茗走进了教室。她在位置上坐下，从抽屉中拿出便当。就当虞寥以为她又要站起身走过来时，她悬在半空的手停了下来。虞寥看着她闭上了眼睛，大约十秒后缓缓地把便当重新放回了抽屉。

　　渐渐的，虞寥和林璎见面时会彼此打个招呼，偶尔在下课的时候她也会走到单月的身边和她聊天。虞寥知道她正在一点点地原谅自己，原谅那个并不真实的事情中的无耻的自己。命运的曲线爬出了低谷，开始上升。单月似乎是为了安慰被全班孤立的虞寥，每天中午和他一同去食堂吃饭，偶尔在放学时也会和他一同走路回家。

　　十月假期后的第一个午后，虞寥和单月在食堂吃完午餐走在回教室的路上。

　　学校花坛里的枫叶已经变得火红，秋天的脚步已经踏在了每一寸泥土上。

　　他思考着开口邀请单月周末时去家中吃饭，或者两人一同去海边邂逅。回到教室中，他在抽屉中发现了一封信。信封的正中央上写着"虞寥亲启"四个字，右下角署名"绿依"，字旁还有两颗爱心。信封的背面还有着一个深红色的唇印。

　　该来的终于来了……信封上没有邮票，看来是有人转交的。虞寥心中微微一痛，他猜到这封信一定是通过林璎的手才到了自己的抽屉之中。

　　"情书？"单月坐在一旁，露出饶有兴致的表情。

　　虞寥点点头，又摇了摇："假情书。你看是谁写的。"说着他指着信封右下角的"绿依"二字。

　　单月恍然大悟："就是打伤林璎的那个？"

　　"就是她，"虞寥把信封拆开，从中抽出信纸展开，笑着对单月说，"看看她写了什么。"

绿依的打扮时髦而张扬，但是字迹却有着一种云淡风轻般的清秀。

Darling：

这是我第一次写信给你，内心有些小小的激动，若是信的内容有语无伦次的地方，还请你多多体谅。

离上一次见你已经将近两个月了，不知道这段时间你过得如何？我一直在为自己打伤林璎的事情而自责，并且天天恳求着你能原谅我。所以我惩罚自己整整两个月的时间不去见你。但是每当我闭上眼睛的时候，脑海中总会浮现出你吻我的场景。你的头发，你的睫毛，还有你如火一般的嘴唇。我也打算忘了你，因为我知道我们不是一个世界的人。但是无论我怎样努力告诫自己不去想你，晚上躺在床上的时候你依旧会偷偷地出现在我的眼前。

想要见你，无论如何想要见你。

想和你一起去约会，想和你说说心里的事情。

可是我知道若是跟踪你的话，你一定会生气的，所以思来想去只有先写信给你了。这个星期的周六有空吗？早晨十点我会在上次见面的那个冷饮店里等你。我想把这当作我们第一次正式的约会，关于约会的内容我就暂且保密了，等见了面之后再告诉你。

寥寥，请允许我这样叫你。你的名字我想了好久才定下这个昵称，你该不会讨厌吧？

　　好啦，周六的时候请一定要来呀，不见不散。

你的绿依

　　单月一边看信，一边用手掩着嘴偷笑不已："寥寥……寥寥……叫起来还挺好听的嘛。"

　　虞寥白了她一眼："简直恶心死了，真怀疑那个妖精的脑袋是不是被门挤了。"

　　"别那么说嘛，她写得挺深情的，难道你看着不感动吗？"单月揶揄地说。

　　"感动个屁，连鸡皮疙瘩都起来了。"虞寥说着搓了搓手臂。

　　单月不再开玩笑，一本正经说道："那你周六会去赴约喽？"

　　虞寥想了想："当然去，我要看看她究竟要耍什么花样。"

　　"既然如你所说她并不喜欢你，那这封信说不定只不过是她故意用来骗你的。到时候她可能会在远处看着你傻傻地等着她。"

　　"这也有可能啦，不过不管怎样我会赴约。"虞寥把信纸塞回信封，放进书包中。

　　单月说的有道理，绿依信中所说的约会说不定是子虚乌有的事情，她的目的只不过是要让林璎转交这封信，来破坏自己和林璎之间好不容易开始恢复的关系。但是，仅仅用这样的一封信并不能让自己和林璎的关系重新跌入冰点。按照之前如此缜密的计划，他觉得事情不会如此简单。

林璎和叶茗走进了教室，虞寥偷偷观察她的表情。她没有向自己所在的方向瞥来一眼，只是低头回到自己的座位上坐了下来，打开了数学课本。正因为她什么反应都没有，虞寥更加确信书包中绿依所写的那封信是通过林璎的手到达了自己的抽屉中。

晚上回到家中，虞寥重新看了一遍绿依的信，然后掏出了手机。上次米昊天离开时给他留下了自己的手机号码，说若是有任何事情发生就发短信联系他。虞寥给那个号码发去一条短信，内容只有三个字：来我家。

白天的时间开始变短，虞寥做完饭时天色已经完全暗了下来。

客厅的灯有一盏不知在什么时候坏了，屋中的一角显得有些昏暗。虞寥给盘子里的土豆色拉加上胡椒粉，然后用叉子把一小块的土豆丢进嘴里。

墙上的钟已经指向了十一点，米昊天没有回信，但虞寥却相信他一定会来。今天无法早睡，虞寥只好走进厨房开始提前准备明天送给林璎的便当。

十一点一刻的时候，敲门声传来，开了门，来者果然是米昊天。他穿着一件深黑色的夹克，手上拎着一个摩托车头盔，样子有点像日本电影中的暴走族。

虞寥泡了咖啡，然后把绿依的信放在了茶几上。

米昊天逐字逐句把信看完，然后重新叠好放回到信封。

"什么打算？"他把夹克的拉链拉开，捧过咖啡。

"我打算去赴约。"虞寥平静地说。

米昊天思量了下，点了点头："好。"

虞寥心中突然想到了一个计谋，于是问他："绿依现在依旧经常来缠着你吗？"

米昊天沉默了一会儿，喝了口咖啡道："我今天是把她先送到了家里才过来的。"

"你觉得她是真喜欢你吗？"

"是。"米昊天的脸上波澜不惊，但是回答中可以感觉到一丝窘迫。

虞寥心想，看样子绿依喜欢米昊天是板上钉钉的事情了，于是说："我有一个计划，若是成功的话就能搞清楚究竟是谁在幕后作怪，但这个计划需要利用绿依对你的感情。"

米昊天沉默不语，一口一口喝着咖啡，最后说："好吧，到时候确定了时间和地点给我短信。"

虞寥看着他的眼睛，知道自己不用说他就已经明白了这个计划，于是点点头："那就这样说定了，希望计划顺利。"

周六早晨虞寥早早地醒了过来，但是故意到九点四十分才从家门走出。一路上他闲庭信步，到达信上约定的冷饮店时，已经是十点一刻。

绿依坐在冷饮店中喝着一杯奶茶，看见虞寥来了，用手掌拍了拍自己的脸颊，起身走了出去。

"喂，寥寥，你迟到了。"绿依黏到他身边，环住了他的手臂。

虞寥在脸上摆出歉意：“抱歉，出门迟了。”

“让女生等着可是很不礼貌的，下次不准迟到，听见了没有？”她娇嗔着说。

“好，下次一定不迟到。快告诉我吧，今天到底有什么节目，信上写得那么神秘。”

绿依没有回答他的问题，而是拉住他的手，把自己凑到他的面前，用审问的口气说：“你先要告诉我，你现在恨不恨我了？”

“哎，”虞寥叹息一声，“恨。但是也觉得情有可原，无论是谁在爱情面前都不会保持真正的理智。所以我打算原谅你。”

“太好了。”绿依脸上如展开了一朵蔷薇。

“好啦，告诉我吧，到底有什么安排。”虞寥催促道。

“我们先一起去吃午饭，”她边说边从口袋中掏出两张电影票，“然后一起去看电影。怎么样？喜欢这样的安排吗？”

“一般。”虞寥淡淡地说，即使是情侣间的约会，这样的安排也太过俗套了。

“是吗？还以为你会喜欢呢……”绿依看见他的反应后一脸委屈。

“也没有不喜欢啦，那我们先去哪吃饭呀？”虞寥从她手中抽过电影票，发现要去看的电影竟然是一部迪士尼的动画片。他的脑海中已经模拟出了家长带着小孩坐满放映室的场景。

“嗯……想吃韩国料理。”绿依想了想后说。

虞寥有些为难："韩国料理不怎么喜欢呀，要不我们去吃日本料理吧。离电影院不远的地方新开了一家日本料理店，早就想去尝尝了。"

"好吧，那就日本料理好了。"绿依说着把脸贴在了他的肩上。

虞寥早就打定主意，绝对不会按照绿依所制订的计划进行一天的行程，他要紧紧握住主动权。

两人来到日本料理店中，虞寥要了一份猪扒饭，绿依则吃乌冬面。

"你和林璎是不是早就认识了？"吃饭的时候虞寥开口道。

绿依稍稍愣了下，随后说："是呀，我们在初中的时候就认识了。或许你不相信，我们以前还是好姐妹呢。"

"那你怎么会下得了手去打她呢？"虞寥不解。

"好姐妹都已经是过去的事情了，自从她不再跟我们一起混了之后整个人就变得讨厌起来。我这样说你可不要生气哦。"

虞寥笑了笑："好，我不生气。为什么你觉得她变得讨厌了呢？"

绿依哼了一声，没好气地说："仗着自己从前和老大关系不错，每次都前来把事情搅黄，搞得自己像是慈禧太后似的。有不少男生对她有好感，所以每次对她都是言听计从。当初她要退出是她自己做的决断，我们还劝过她留下，现在既然退出了就别再来干涉我们。"

原来如此……

虞寥开玩笑说:"我算是听明白了,原来你在嫉妒她。"

"我才没有!"绿依一激动不小心把碗中的汤洒了出来。

虞寥看着她的样子,暗自觉得好笑。他从口袋中掏出纸巾,把桌上的汤擦干净,然后宽慰她说:"其实你也很漂亮呀。"

绿依听见他这么说,眼神有些迷离:"真……真的吗?"

虞寥歪着脑袋仔细打量了她一番,确实,绿依长得相当漂亮,尤其是那双大大的眼睛。"真的。不过……这个造型有些不太配你,你其实不必打扮得如此成熟,还有,若是你骨子里没有朋克精神,却穿得很朋克风格,会有一种装在套子里的感觉。"

"吃饭,少胡扯。"绿依为了掩饰自己的情绪,低下头狼吞虎咽地吃着面条。

吃罢午饭后,两人走出日本餐馆。清爽的秋风迎面拂来,不由让人有了睡意。

"若是现在去看电影的话,一定会睡着的。"虞寥说。

听虞寥这么说,绿依显得有些紧张:"可……可是票我都已经买好了呀。"

"那我们就去退了吧。"

"不行,"绿依大喊了一声,"我们还是去看吧。"

虞寥有些疑惑:"你就那么想看这部电影?这可是一部动画片呀,我们去看的话未免太幼稚了些吧?"

"不行,"绿依嗫嚅着,"我好不容易做的计划。"

"那就改变计划，你在这等我吧，我去退票。"虞寥掏出电影票，拿在手里晃了晃，不等绿依回答，就向电影院的方向跑去。

十五分钟后虞寥跑了回来，绿依呆呆地站在阳光下。

他在她的肩膀上拍了一下："不需要这么沮丧吧，不过是少看了一部动画片而已。既然吃饱了，我们就去运动下吧。据说这个镇子之所以叫风鸣镇是因为有一座风鸣山，我转学到这里之后还没去爬过呢。"

"去爬山？"绿依从恍惚中回过神来看着他。

"别那么一副不情愿的样子嘛，这个季节登高远眺是再好不过的事情了。不过……我不认识路。"

绿依叹息了一声，随后露出一个释怀的笑脸："好吧，我带路就是了。从这里走到山脚下的话要半个多小时哦。"

"反正刚刚吃饱嘛。"说着虞寥掏出了手机。

阳光下两个被拉长了的影子渐渐远去，宛若一对青梅竹马的朋友。

山并不高，但两人爬到顶上后依旧气喘吁吁。

"好久没有运动过了，累死我了。"绿依双手撑着膝盖，一滴晶莹的汗水从额上滴落。

虞寥望了望天空，然后在山顶的平台上搜索着。他找到了坐在远处凉亭中的米昊天。

"好累，我们去亭子里坐一会儿吧。"虞寥提议道。

两人走向凉亭，然而在不到十米的时候，绿依停下了脚步。

虞寥看见她的脸上布满了惊恐。米昊天站起来，向两人走了过来。

"昊……昊天，不……不是，他……不是这样……你怎么……"绿依因为紧张，开始语无伦次起来。

"先进凉亭吧，确实累了。"虞寥淡淡地说。

米昊天转过身，走到先前的位置坐了下来，虞寥坐在了远处。绿依愣愣地站了半分钟，终于走了进来。她分别看了一眼虞寥和米昊天，不知道自己应该坐在谁的身边，最后只好站在了凉亭的中心。

"昊天……我和他是……"她张开嘴想要解释。

"你约我出来吃饭和看电影。"虞寥说道。

"不是！"绿依大声地否定，胸口激动地起伏着。

"是我说错了，"虞寥解释，"你约我出来吃饭，但是没看电影，我把电影票退了，然后一起来爬山。"

"不是……不是这样的。"绿依的眼中溢出了泪水，着急地跺着脚。

虞寥看见她的样子有些不忍，不再继续逼她。米昊天一副事不关己的样子，甚至连目光都没放在她的身上。

"说吧，究竟是谁叫你这么做的？"虞寥用手背擦了擦额头，从位置上站了起来。

"没有……"绿依低声否定。

"说。"米昊天出声道。

虽然只有一个字，但绿依明显被吓了一跳，眼泪簌簌地从眼眶中落了下来。

虞寥走到米昊天的身边，坐了下来，然后说："你应该可以看清楚目前的状况，你真的愿意继续做那人的傀儡吗？别哭了，我们只不过是想知道事实的真相罢了。来，坐着说吧。"说着他用手拍了拍自己和米昊天之间的空位。

绿依用胆怯的眼神望着米昊天，一动不动。

"累了，就坐吧。"米昊天见状开口道。

绿依听到他的话，眼神顿时亮了一下，缓缓移动着脚步在两人中间坐了下来。

一种僵持在三人之间缓缓游移，让人有些喘不过气来。

太阳的角度挪动了一分，影子也变换了形状。

"我并不知道他是谁。"良久后绿依终于开口。

"为什么还要隐瞒我们？"虞寥有些急切，"无论他跟你许诺了什么，如今事情败落，都是一场空了。"

绿依抬起泪汪汪的双眼，有些呜咽地说："我没有隐瞒你们，我真的不知道他是谁。每次他给我打来电话，告诉我应该怎么做，我只不过是按照他的安排行事罢了。"

虞寥和米昊天对望了一眼，都感觉她说的并不是假话。

"那你为什么要听他的？"虞寥不解地问。

绿依没有回答，看了一眼米昊天，默默低下了双眼。

"说吧。"米昊天开口，语气竟然是前所未有的温柔。

绿依整个人如同触电般颤抖了一下，泪水又忍不住成串地落了下来："他……他说只要我这么……这么做了……你……你就会喜欢……喜欢上我。"她的声音越来越小，最后几乎不能耳闻。

虞寥知道她话中的"你"指的是谁，于是抬起头看着米昊天。他冷峻的脸上有着一丝迷惑。

"他……说，只要我能……能全按照他所说的去做，你就……你就会留在……我的身边……"绿依数度哽咽，说完后放声大哭起来。

一对爬上山顶的中年夫妇听见凉亭中的哭声走了过来，在看到里面是一个女生和两个男生之后，彼此交谈了几句，转身又走了。

虞寥用手轻轻抚摸着她的后背，米昊天则缓缓从衣袋中掏出一包没有拆封的纸巾放在了她的膝盖上。

绿依渐渐止住了哭声，颤抖着手打开纸巾，擤了一把鼻涕，然后抬起哭肿了的双眼，像小孩子一样无辜地看着米昊天。

"说说吧，你具体做了些什么？"米昊天的声音又变成了冰冷。

绿依依旧轻轻抽泣着："我记不得第一次接到他的电话具体是什么时候了，大概是在七月。因为被你撞了肚子的缘故，我更加讨厌林璎了，所以想也没想就答应了他的要求。他要我半夜先去一个胡同的角落捡一条他放在那里的手机链，并且要我把手机链挂在自己的手机上。"

"手机链？"虞寥出声打断了她的叙述。

绿依点点头，从裤袋中掏出手机："就是这条。"

虞寥睁大双眼，绿依手机上挂着的那条手机链正是单月在儿童节时送给自己的那条。

"这……这是我的手机链。"虞寥一把抓过她的手机，反复确认。

"我不知道，对不起。"绿依忙说。

"现在我可以拿回来了吗？"虞寥冷冷地问。

"当然！"

虞寥把手机链从她的手机上卸下，揣入兜中，然后示意她继续说下去。

"然后说让我第二天早晨去林璎家的楼下教训她一顿，还要我必须当着她的面打一个电话。"

"打给谁？"虞寥问。

绿依摇摇头："我不知道，他给我了一个号码，第二天打过去时说是空号。"

虞寥若有所思地点了点头，看来那人的用意是要林璎注意到手机链。他想起了在医院中林璎和自己的谈话，怪不得她会注意到自己的手机链丢了。

"之后他又给我打来电话，让我赶到昊天上班的咖啡馆去见你，告诉你我是因为喜欢你才打伤了林璎。其实我从来都没有跟踪过你，一切的地点都是那个人打电话告诉我的。"

怪不得……若是绿依跟踪了自己，她应该和自己差不多同一个时间走进咖啡馆才对。然而那天她来时，自己差不多已经吃完了附赠的煎饼。看来是那个人看见自己进了咖啡馆，然后才打电话叫绿依赶来的。

"上一次冷饮店中和你见面也是他事先打电话给我的。"

"他叫你吻我？"虞寥不免觉得有些好笑。

绿依看了一眼米昊天，不肯出声。

虞寥看了米昊天一眼，说："他已经知道了。"

绿依的眼睛又开始湿润起来，好不容易忍住没让泪水落下："是……是他在电话里叫我这么做的。"

虞寥无奈地摇了摇头："好吧，那这次的信也是他打电话叫你写的喽？"

"是，我写好后大半夜跑去林璎家，从门缝底下塞进去的，还有一张纸条，是叫她帮忙转交给你。"

"最后就是今天来赴约喽，他有什么特别的交代吗？"

"说必须要叫你去看电影，就是你退票了的那场。"

虞寥陷入了沉思，为什么那人会叫绿依必须和自己去看那部傻乎乎的动画片呢？难道林璎也会去看那部电影？

"我什么都说了，"绿依见两人都不说话，眼神中慢慢又出现了惶恐，"我真的不是有意要对林璎这样的……昊天……你不知道我有多么的喜欢你，自从初中见到你的第一面开始我就深深地被你吸引住了。曾经林璎选择退出的时候我也曾心动过，因为我觉得这样的生活一点也不快乐，但是……但是因为你在，所以我才不忍离去……可是你从来都不认真地看我一眼。你是不是觉得我……我很傻？是不是？这些年来我明明知道你一直喜欢着单月，但我还……"绿依开始泣不成声。

单月！她说米昊天一直喜欢着单月！虞寥猛然抬起头，用如刀般的眼神看着米昊天。

米昊天的脸上毫无表情，仿佛什么都没有听见。

绿依渐渐止住了哭声，三个人陷入了沉默之中。唯有秋风从远处徐徐吹来，把山的气息轻轻抚在身上。凉亭在地上的影子随着时间的流逝缓缓变化着，一朵云消失在了天际。

米昊天和虞寥坐在肯德基二楼靠窗的位置。马上就要到日落的时间了，街上的路灯已经亮了。

虞寥啃了一口原味鸡块，然后喝了一大口加冰的可乐。米昊天一根一根吃着薯条，没有蘸番茄酱。

"既然那人叫绿依一定要带我去看电影，想必林璎也会出现在放映厅中，"虞寥把吃剩的骨头丢在餐托中，然后拿起餐巾纸擦了擦油腻腻的手，"接下来只要问清楚是谁约她去看电影，那人就是幕后的主使。"

"是。"米昊天简单地应道。

虞寥耸了耸肩："那这件事就麻烦你吧，我和林璎之间的关系还没有改善到可以问这样私人的问题。"

"不，还是你去问。"米昊天想也没想就说。

虞寥有些不悦："凭什么？这对于你来说不过是举手之劳吧！"

米昊天不再说话，专心致志地吃着面前的薯条。

"喂，你不能这样！"虞寥一把从桌上抓过薯条，抓了一把放进自己口中。

米昊天花了五秒钟看他把薯条咽下，站起身从他面前的餐托中拿了一块鸡块，然后顺着楼梯走了下去。虞寥气呼呼地坐在位置上，一口一口机械地把可乐喝进胃中。

周一早晨。街上飘着薄雾，昏沉沉的。

虞寥又是第一个走进教室，他把便当塞进林璎的抽屉，然后来到自己的位置上坐下，等待着单月到来。思来想去，他觉得还是把周六发生的一切都告诉单月，然后让她帮忙去问林璎究竟是谁约她一起去看了电影。

按照单月往常的习惯，她应该会较早地来到教室，然而今天班上的同学已经到了大半，她依旧没有出现。难道是睡过头了？这样的情况可是极少发生在单月的身上。

林璎和叶茗走进了教室。她在位置上坐下，用手摸了摸抽屉里的便当，微微扬了下嘴角，然后开始从书包中掏出书本。

蒋老师走进教室，第一节课即将开始，但是单月依旧没有来。

不会是生病了吧？虞寥开始有些担心起来。

铃——铃——

当第一节课的铃声响起时，单月呼哧呼哧地跑到了教室门口。

"报告，我迟……迟到了。"她上气不接下气地说。

蒋老师挥了挥手示意让她进来。

单月走到位置上坐下，整个人因为喘息而上下起伏着。

"哈哈，你也有迟到的时候呀!"虞寥用幸灾乐祸的口气说道。

单月白了他一眼，从书包中掏出课本。

"安静!"蒋老师拿着教鞭在讲台上敲了一下，虞寥乖乖地闭上了嘴巴。他一边听课一边重新梳理着事件的脉络，以便过会儿用课间仅有的十分钟把事情对单月讲清楚。

一道题目做完，他看了一眼身旁的单月，她的眼睛有些迷蒙，眼皮还不时地耷拉下来。

"喂，一大早就想睡觉?"虞寥用手肘撞了下她，轻声问道。

单月晃了晃脑袋，打起精神，不好意思地笑了笑。

虞寥趁机揶揄道："老实交代，昨天晚上去哪鬼混了?"

单月装作没听见，拿起笔开始记板书。虞寥也把精神转回到了课堂上，开始认真听讲。大约过了十分钟，虞寥眼角的余光瞥见单月把头靠在了桌上。他想叫醒她，但转念一想她或许真的累了。既然蒋老师还没有发现，那就让她再多睡一会儿好了。

"单月!"蒋老师在五分钟后终于发现了睡着的单月，于是出声提醒她，然而她并没有反应。

"虞寥,把她叫醒,第一节课睡什么觉!"

虞寥又把手放在她的肩上轻轻摇了摇,单月的身体随着他的用力轻轻摆动,但是她并没有抬起头来。虞寥又摇了摇,依旧没有醒来。他感觉到了一丝异样,忙站起身用双手架起她的下腋。单月就如同一个傀儡一样丝毫没有反应。

班上开始骚动,同学们都把目光盯在了她的身上。蒋老师见情况不妙快步走下了讲台。

虞寥把手指放在单月的颈动脉,有心跳,再用手感觉了下她的呼吸,也正常。"单月,单月,醒醒。"他持续摇晃着她,但她像是被谁切换到了睡眠模式一般,就是不肯醒来。

"怎么了?"蒋老师走到一旁着急地问。

"不知道,"虞寥又叫了几次她的名字,然后抬起头看着蒋老师,"她昏迷了。"

"我去叫校医。"蒋老师说着转身跑向门外。

"不!"虞寥大喊一声,"我直接背她去保健室!林璎,快,帮我扶住她。"

已经站在一旁的林璎愣了一下,不过马上反应过来,把单月扶到了虞寥的背上。虞寥背起单月,小跑着出了教室。林璎想了一想,跟了上去。坐在位置上的叶茗见状也追了上去。

虞寥把单月背到保健室的床上躺下,女校医叫众人暂时先在门外等候。蒋老师说要先去班上控制一下情况等会儿就过来。

"虞寥,月月这是怎么了?"林璎一脸着急。

虞寥摇了摇头："我也不清楚。"

保健室的门在数分钟后打开了，三人走了进去。

"怎么样？"虞寥问。

"看样子是昏了过去，她之前有别的什么事情吗？"女校医把听诊器从脖子上拿下，丢在了桌上。

"会不会因为赶路赶急了？"林璎说，"她差一点就迟到了。"

女校医没有说话，但虞寥看得出她觉得这个原因不能解释单月现在的昏迷。

"上课的时候她看起来就很困乏，我还提醒了她下。"虞寥说道。

"会不会是昨晚没有睡好？"林璎向躺在床上一动不动的单月看去。

"一晚上没睡好不可能导致昏迷。"虞寥回答。

女校医赞同地向他点了点头，然后说："叫你们老师快点联系她的家长吧。"

"我去。"林璎说完就转身跑了出去。

虞寥走到床边，看着单月。她如同一个熟睡了的公主，在等待属于她的王子到来。

……

"叫救护车。"虞寥转过头看着女校医，眼神中有着一股让人无法忤逆的气息。

第九章

救护车抵达医院，天上开始下起了清清冷冷的小雨。

还没有散开的雾加上雨丝，整个世界像是迎来了世界末日一般。

虞寥和叶茗站在急救室的门口，女校医在走廊上一边踱步一边打着电话。虞寥想开口和叶茗说些什么，但什么话题也找不出来。他曾经是虞寥来到风鸣镇后第一个同性的朋友，两人会在操场一边闲逛一边谈着班上的八卦新闻，然而此时的关系却变成了敌人似的。

过了不久，蒋老师和林璎赶到了医院，着急地跑到女校医面前。

"怎么样？"蒋老师顾不得掸去落在衣服上的雨丝就问。

女校医摇了摇头，然后向急救室投去了一眼。

林璎跑到虞寥面前，她头上的卷发因为跑步的关系变得蓬乱："月月……月月到底怎么样了？"

"现在还不清楚，来了后就推进了急救室。"叶茗回答。

在林璎又要开口的时候，急救室的门打开了，护士把单月的病床推了出来。众人马上凑上前去，她依旧静静地睡着，点滴不急不缓地输入她右手的静脉中。

"谁是病人的家属？"一个医生走了出来问道。

蒋老师走上前去："她母亲正在过来的路上，我是她的班主任。"

医生事务性地点了点头："不要着急，并没有生命危险，只是昏过去罢了，具体的原因要做些检查才能找到。等她母亲一来就叫她办理住院手续。"

"好了，你们都跟校医一起回学校吧，这里有我在就行了。"医生走后蒋老师向众人开口。

林璎的表情有些不愿意，向叶茗投去求助的眼神。

"走吧，我们放学再过来。"叶茗拉了拉她的袖子，眼神示意让她听话。

虞寥想了想，也跟上了他们的脚步，他知道自己现在留在这里也没有用。

回到教室，虞寥感觉时间就如同缓缓前进的蜗牛。身边的位置空空的，他的心也空空的。他不时把眼神瞟向林璎，发现她也坐立难安。只有叶茗认真听着每一节的课，在他的世界里或许只有林璎才是真正重要的。

最后一节课的铃声终于响起，虞寥收拾好了书包站了起来。他看了一眼林璎，心想叶茗一定会陪着她去医院，为了不必要的尴尬，他决定自己独自前去。

在医院的门口，他在花店买了粉色郁金香和百合。店员递上一张小小的卡片，问他要不要写上什么祝语。虞寥拿着笔思量了一下，在卡片上写道：快点好起来，再带我去旅行。

病房中白色的日光灯发出冷冷的光，单月的母亲面带着忧伤静静地坐在她的床边。单月依旧没有醒来，脸色有些苍白。

直到虞寥轻轻把花放到床头柜上，单月的母亲才注意到了他。

"啊，你来了呀，请坐。"单月的母亲用手背擦了擦眼角，看样子她刚才哭过了。

虞寥在一旁坐了下来，轻声问道："还没有醒来吗？"

单月的母亲缓缓摇头。

林璎走进病房，虽然她知道虞寥会来，但看见他时依旧愣了一下。叶茗走在她的身后，手上也捧着一束花，是剑兰和马蹄莲。

单月的母亲从位置上站起，脸上露出勉强的笑容。

林璎走到单月的面前，向前俯下身去，看着她的脸，轻声呼唤着："月月，月月。"

"还没有醒来。"虞寥说。

林璎和叶茗呆呆地站着，空气一下子开始凝重起来。窗外起了风，把雨点打在了玻璃窗上，发出了沙沙的声响。

良久，虞寥开口道："医生有说什么吗？"

单月的母亲收回了愣怔的目光："现在还不知道昏迷的原因，已经抽了血，明天还要做一些检查。"

虞寥知道这样等在病房里也是惘然，于是站起身说："阿姨，那我们先走了，明天再来看单月。"说完给林璎使了个眼色。

林璎点了点头，附和道："阿姨别担心，月月不会有事的，我们明天再来。"

三人走出病房，心情如天气一般阴沉。走廊上传来病人咳嗽的声音，护士急匆匆地走进一间病房。

虞寥回到家中，一个人吃着晚餐。

客厅那盏坏了的灯让家中多了一角阴影。他原本打算今天放学后去超市买替换的灯泡，但从医院走出后脑子被单月昏迷的样子所占据。

吃罢晚餐，他打开窗户趴在窗框上。细细的雨点落在了脸上，带来丝丝凉意。他望着楼下那盏路灯，独孤的雨夜路灯。

是不是应该通知米昊天？他的心情有些纠结。

他不知道米昊天和单月之间曾经发生过什么，他所知道的仅仅是单月喜欢着米昊天，米昊天也喜欢着单月。但是两人并没有相爱，而是如同隔着一条大河一般远远相望着彼此。他能感觉到米昊天有意疏离着她，让她以为自己并不爱她。

虞寥望着漆黑的天空，长长地吁出一口气，长得像是从地球到月亮的距离。

他掏出手机，翻到米昊天的号码，然后发短信：单月昏迷，在医院。

手机屏幕显示短信发送成功，他看了一眼那个水晶月亮的手机链，把手机揣回了裤袋中。他的内心不希望把单月昏迷的消息告诉米昊天，他不希望他们在一起，因为他深深喜欢着单月。但是也正因为他深深喜欢着单月，所以他必须告诉米昊天，因为单月也深深地喜欢着米昊天。

虞寥躺在床上，闭上眼睛试图让自己什么都不想，但是单月躺在病床上的样子却紧紧地跟着他。

夜越来越深，他却怎么也无法入睡。

他走到客厅给自己倒了杯加冰的威士忌，然后坐在饭桌前一口口地喝着。林璎在儿童节送的那瓶 JOHNNIE WALKER 空空地立在酒柜中。他回想着那时候自己、单月、林璎和叶茗之间的欢乐时光，觉得那份记忆仿佛像是上一辈子的事情。

他苦苦一笑，如今单月昏迷在医院，林璎对他有着深深的误会，叶茗则把他当作敌人。为什么这个世界在不经意之间竟然变成了这样？

"难道你又要选择逃避吗？"

母亲的话在耳旁响起，他把杯中剩下的威士忌一口喝完，然后返回卧室重新躺了下来。

依旧是阴霾的雨天，路上的行人一个个都显得心事重重。

虞寥走在去医院的路上，心中暗暗希望单月已经醒来。一晚上的失眠让他的脑袋一整天都昏昏沉沉的，上课的时候因为走神还惹火了化学老师。

他走到病房门口，闭上眼睛深呼吸了一下，然后轻轻推开门。

一个他不愿看见的背影印入了眼帘，米昊天坐在单月的病床旁边，正握着她的左手。虞寥走了进去，在一旁坐下，一声不吭地看着他。

眼前的这个米昊天仿佛不是他曾经所认识的那个从不给人好脸色看的混蛋，他握着单月的左手，用大拇指轻轻地抚摸着她的手背，眼中流露出脉脉的柔情。虞寥从未想象过米昊天的脸上竟然也会有这样的表情。

"醒来过了吗？"虞寥问。

"没有。"他的声音中意外地带着一丝无能为力的迷茫。

"你果然喜欢她。"

米昊天抬起眼睛看着虞寥，半晌后如同电影的慢动作一般点了一下头："对不起，曾经骗了你。"

对不起？虞寥又一次被今天的米昊天吓到，他竟然会对自己说对不起。原本虞寥还想揶揄他几句，但听到这句话，他沉默着不再开口。

"今天做了几个检查，但是还是没有找出病因。"米昊天像是在自言自语。

虞寥感觉到了他的担心，于是安慰道："没关系，她会好起来的。"

病房的门被打开，林璎和叶茗站在了门口。林璎看见米昊天在，眼神中微微有些诧异。

四个人围在病床边上，望着如同熟睡了一般的单月。米昊天用沾了水的棉签轻轻触碰着她灰白色的嘴唇，为了防止因干燥而产生龟裂。

半个多小时后，单月的母亲走了进来，她脸上带着疲惫，看样子昨晚她在单月身边守了一宿。

米昊天拿起摩托车的头盔说还要上班，拍了下虞寥的肩膀说可以顺路送他回家。

摩托车快速地前行着，雨开始变大了，打在脸上传来痛感。

"那件事情问了没有？"来到虞寥家楼下，米昊天停了摩托，取下头盔。

虞寥抹了一把脸上的雨水，摇摇头："本来打算叫单月帮忙问的，但是还没来得及开口，她就这样了。"

米昊天指了指楼道："走，上你家说。"

"你不是要上班吗？"

"早已经请假了。"米昊天边说边一步步从楼梯走了上去。

虞寥用钥匙打开家门，和米昊天一同走了进去。

"吃饭？"虞寥问。

"不了，不过能给我杯咖啡吗？"米昊天在沙发上坐了下来，把头盔放在茶几上。

虞寥走进厨房泡咖啡，心中盘算过会儿如何开口问他和单月之间奇怪的关系。

热水冲入杯中，空气里开始弥漫出咖啡的香味。虞寥端着两杯咖啡走到沙发边，把其中一杯递到他面前。

"谢谢。"米昊天接过咖啡。

虞寥在一旁坐下，心想今天面前的这个家伙是不是吃错了药，除了对不起以外竟然还学会说谢谢了。

"林璎的事情，要尽快问到结果，不然时间拖得越长对她来说就越容易受到伤害。"米昊天说完吹了吹咖啡的液面。

站着说话不腰疼，虞寥听他那么说心中又漾起了不快："现在单月昏迷了，你叫我怎么去问？你又不是看不出来，我现在和林璎的关系，况且叶茗整天和她在一起，时时刻刻把我当作一个危险。为什么你不去问呢？上次的时候就说了，这对于你来说根本就是易如反掌的事情呀。"

米昊天浅浅地呷了一口咖啡："并不是我不愿意去问，而是事情发展到现在我一直没有暴露过，不到万不得已的状况我不想让那人知道我也参与其中。"

虞寥分析着他的话，觉得有些道理，若是他暴露的话那人说不定又多了一个可以利用的目标。虽然虞寥在内心同意了他的观点，但还是用嘲笑的口吻说："你倒是挺聪明的嘛，把自己撇清。”

米昊天没有理会他的嘲笑，一口口喝着咖啡，从眼神中可以看出他正想着单月。

虞寥从沙发上站了起来，打开窗户，让凉风吹拂在身上。他在医院中已经看出，米昊天对单月的感情绝不在自己之下，只不过他一直控制着那份感情。只有当她昏迷的时候，他才把这份感情流露出来。

“米昊天，你为什么之前一直避着单月？”虞寥望着窗外，想起了第一次遇见他的场景。

“好，那我走了。”

那天也是在医院中，米昊天仅仅向她说了五个字就转身离去。

“和你没有关系。”米昊天恢复了一贯的冷漠。

虞寥转过身看着他，郑重地说：“有，当然和我有关系。因为……因为我喜欢她。”

米昊天没有被他的话所触动，仿佛早已经知道他要这么说。过了一会儿，他抬起头看着虞寥：“是吗？”

虞寥走到他边上，一字一顿道：“我喜欢她！”

米昊天的嘴角露出了一丝嘲笑：“你喜欢她？你甚至连她是怎样的一个人都不知道，你凭什么喜欢她？”

虞寥的眼中燃起了怒火，但是却无言反驳。

“抱歉，我先走了，林璎那里拜托了。”米昊天把没喝完的咖啡放在了茶几上，然后拿起头盔离开了。

房门被砰的一声关上，只剩下咖啡的香味在沉默中流动。

虞寥坐在沙发上，咀嚼着米昊天的话，他是不是真的连单月是怎样的一个人都不知道？她文静，她善良，还有一丝可爱。她总是为别人着想，学习努力，喜欢大海。这就是他所知道的单月。虞寥突然睁开眼睛，他意识到自己完全不知道单月的过去。

既然对一个人的过去一无所知，怎么能有资格说喜欢她呢？

下课的铃声响起，一天的课程宣告结束。虞寥收拾好书包走出学校，今天的雨在下午的时候停了，但天空中依旧密布着灰色雨云。

米昊天的话犹如一盆凉水浇醒了正在做梦的他，一整天的课程中，身边空荡荡的座位时时刺痛着虞寥的心。

他走在去医院的路上，脚步没有了前两日的急切。来到病房前，他轻轻把门推开。林璎和叶茗已经到了，米昊天也站在一侧，单月的母亲坐在病床边上，紧紧握着单月的手。

虞寥从气氛中已经察觉到单月还是没有醒来，这不由让他的心情更加的沉重。

"让一下。"身后传来一个人的声音，虞寥转身看去，是一个穿着白大褂的中年医生。

医生走进病房，单月母亲站了起来，眼中露出期盼的神情。

"医生，怎么样？"

医生摇了摇头："化验的结果都出来了，但是依照现在的这些数据还是无法确定是什么导致了你女儿的昏迷。"

单月的母亲听到医生这么说，眼神顿时变得暗淡无光："那……那怎么办？"

"现在我们猜想可能是因为脑部的疾病导致了她昏迷，所以明天我们会安排再做几样检查，看是否能发现情况。"

医生说完后用听诊器听了下单月的心跳，然后走出了病房。单月的母亲颓然地坐了下来，林璎走过去轻声安慰着她。

虞寥看着单月苍白的面容，感觉心中正一滴一滴在滴血。

一瞬间，他明白了。

他喜欢她，无论他有没有资格，他都喜欢眼前的这个女生。

"阿姨，"虞寥走到林璎身边，开口道，"阿姨，我有一件事情想找你商量。"

林璎转过头疑惑地看着他，然后挪动脚步空出了单月母亲身边的位置。

单月母亲涣散的眼神渐渐聚焦，然后看着眼前这个男生。

虞寥用手摸了下自己的鼻尖，说道："我想……我想让一个人来看一下单月的情况，说不定他能找到原因。"

"什么人？"

"不用担心，他也是个医生。"

单月的母亲还想问什么，但是却没继续开口，她久久盯着虞寥的眼睛，然后点了点头。

虞寥不理会其他人眼中的疑惑，独自走出了病房，然后掏出手机拨通了母亲的手机。

"喂，儿子吗？不会是不小心打错电话了吧？"母亲在那端接起电话，用开玩笑的口气打招呼。

"妈，有件事情想找你帮忙。"

母亲听虞寥的口气十分严肃，便不再继续调侃："怎么了？"

"班上有个同学已经昏迷了三天，医生到现在还找不出原因，只是说有可能是脑部的疾病，所以……"

"所以你想让他去诊断？"

虞寥闭上眼睛，深呼吸了一口，然后回答说："是，我知道他是大脑疾病方面的专家。"

母亲在电话那头沉默少顷："好吧，我给他打电话。"说完就挂下了电话。

虞寥在走廊上来回踱步，不到两分钟手机发出嗡嗡的振动。

"虞寥，是我。"电话那端的声音让虞寥的脑袋微微作痛。

"叔叔。"他艰难地吐出两个字。

"我这就赶来，风鸣镇第一医院是吗？"

"是。"

虞寥挂下电话，把后背靠在了墙上。

"那个医生是谁？"不知什么时候候林璎出现在了他的身旁。

"我继父。"虞寥的嘴角浮起一丝无奈的笑容。

夜色逐渐四合，没人愿意离开。

米昊天出去给众人买来了盒饭，大家无声地吃着。

大约过了三个小时，虞寥的手机再次响起，他在电话里告诉了继父病房号码。数分钟后，一个四十出头的男子走进病房，对虞寥点了下头。

"哪位是家属？"继父问道。

单月的母亲站了起来，眼神中带着不知所措。

"我需要你的同意才能查看病人的病历，你得和我一起去见主治医生。"继父说完，带着单月的母亲走出了病房。

虞寥坐了下来，继父的样子开始在眼前来回晃动。他有点怀疑这是梦境，他竟然开口叫继父帮忙。但是……这是他现在唯一能为单月做的事情。

林璎似乎察觉到了虞寥的异样，轻轻挪动身体到他边上，把一只手搭在了他的肩膀上。叶著在一旁默默地注视着。

大约过了半个小时，继父和单月母亲回到了病房，一同来的还有见过的那个医生和两个护士。

"大家帮忙，转院。虞寥，把我的车开到楼下。"继父从口袋中掏出汽车的钥匙，向虞寥丢了过去。

虞寥接住向他飞来的汽车钥匙，原地愣了愣，然后跑出了病房。

他怎么知道我会开车？虞寥一边跑向停车场，一边疑惑。开车是父亲在生前教他的。那个时候父亲的病情还没有恶化，偶尔会带着他去旷野上教他怎么开车。难道……母亲把这一切都告诉了继父？

虞寥来到停车场，按下钥匙上的开锁按钮，一辆汽车的尾灯闪了两下。他跑过去坐进驾驶室，插入钥匙，切入倒车挡，把汽车从车位中倒了出来。

把车开到住院部的楼下后，他看见坐在轮椅上的单月由继父推了出来。

继父和米昊天把单月抬上汽车的后座，然后问虞寥："你跟着去吗？"

"去。"虞寥坚定地回答。

"我也去。"林璎开口道。

"你看还能坐下人吗，"继父把头转向了她，"你们都回去，对了，你明天帮他请个假。"说完后又把脸转了回来："愣什么呀，快上车，病人等不了了。"

虞寥忙钻进副驾驶座，单月的母亲坐在后座。继父狠踩一脚油门，让车钻进了夜色。

"病历我都看了，暂时确实无法确诊，不过这里的仪器设备不够，所以必须转院，"继父边开车边说，"除了病历上写的那些，病人有过别的什么不正常的表现吗？"

虞寥转过头去望着单月的母亲，她摇摇头。

"任何事情。"继父强调。

"五月运动会的时候她因为跑步而心力衰竭，送进医院抢救。"虞寥开口道。

"五月？"

"五月，"虞寥点点头，"虽然是半年前的事情，但一般不管怎么跑步不至于会心力衰竭吧？"

继父笑了笑："电视上说的？"

虞寥看了他一眼："父亲死后我查的……"

继父收起了笑容："你说得对，一般不会。"

"六月底期末考试的时候她突然癫痫发作，我背她去了学校的保健室。"

"癫痫？"继父皱了皱眉头，"她从小就有癫痫吗？"

"没有……那是第一次，我听到后也吓了一跳。"单月的母亲在后面说道。

"对了，"虞寥转过身，"暑假的时候她真的是因为中暑才住院的吗？"

单月的母亲露出抱歉的神色："不知道，我刚回到家里就发现她倒在了地上，所以就送进了医院。住院的时候给她做了不少检查，但没能查出什么病来。"

继父不再说话，唯有汽车的引擎声在轰鸣着。车子驶出了风鸣镇，上了高速。窗外的世界黑漆漆的，月亮和星星今天都睡着了。

两个多小时后，视野的远处出现了城市的灯火。

渐渐的，灯火越来越近。

继父在一条马路边停下了车："下车吧，明天你妈会带你来医院的。"

虞寥感觉有些莫名其妙，茫然地看着他。这时车窗玻璃被人敲响，他转头看见了母亲的脸。

昏暗的灯光，影子如同恐怖的怪兽一般印在了墙上。

窗外的世界掺入了霓虹灯的蓝色。

虞寥躺在一张陌生的床上，盖在身上的被子有一种疏离感。母亲把他带到这里，告诉他这里是他的家。

好陌生的家！虞寥望着天花板，等待着睡意的恩宠。

次日一大早虞寥就醒来了，他要去厕所，却不小心走进了母亲的卧室。母亲一个人躺在床上，继父应该是在医院一夜未归。

吃罢早饭母亲和他走在城市的街道上。虞寥看着沐浴在晨光中的高楼大厦，感觉像是到了另一个星球。走进医院，乘坐电梯来到住院部的第二十层，虞寥从窗口向下探去，街上的行人差不多只有绿豆般大小。

走进病房，虞寥惊讶地发现米昊天竟然守在单月的床头。

他是怎么过来的？不会是大晚上骑着摩托车从风鸣镇赶来的吧？

"我去找他。"母亲丢下一句话，走出了病房。

单月依旧昏迷着，不明的液体正从一个玻璃瓶中缓缓输入她的身体。

"我叫她妈去休息了。"米昊天抬起头说。

虞寥看见他的双眼中布满了血丝，知道他也一夜没睡，于是说："好了，这里交给我吧。"

米昊天点了点头，起身离开了病房。

朝阳把橙黄色的光洒进病房，暖洋洋的。

继父走了进来，翻起单月的眼皮查看了一下，然后搬过凳子在虞寥身边坐下。

"那妈妈先去上班喽，下午来送你回风鸣镇。"母亲在门口打了声招呼。

"怎么样？"虞寥忙问。

继父耸了耸肩："现在还不知道，还要等今天的测试，不过她虽然昏迷，但是身体的情况还算稳定，至少不会就这样死了。"

死了……虞寥听到这两个字心中如同被人揪了一下。

继父把双手交叉放在膝盖上，久久打量着虞寥，然后开口问："你是不是喜欢这个女生？"

"是。"虞寥坦诚地回答。

继父若有所思地点了点头，然后脸上露出挣扎的神色："按照原则我是不能告诉你这件事情的。但是我却不能不告诉你，昨天把她送到医院我们给她进行了全身的基本检查，然后发现她曾经流产过。"

"流……流产？"虞寥犹如五雷轰顶，单月怎么可能会流产过？

"当然这并不代表什么，现在这种事情非常常见，但是若是你喜欢她的话，我觉得还是有必要知道一下为好。"继父说完站了起来，"我还有其他的病人，先过去忙了，过会儿轮到她做检查的时候会有人过来的。"

怎么……怎么可能？虞寥没有注意到继父已经走出了病房，他的世界顿时灰暗一片。

"请问她应该就是单月吧？"一个护工走进了病房，一面确认手上的单子，一面问虞寥。

"嗨。"护工见他一脸失神的样子，用手推了下虞寥的肩膀。虞寥仿佛从梦中醒来一般，迷茫着盯着他。

"她是单月吗？"护工又问了一次。

"哦，是，怎么？"

护工向走廊上招了招手，一个穿着一样制服的男子推着移动病床走了进来："我们带她去做检查。"说完一人抬肩一人抬脚熟练地把单月放在了移动病床上。

单月被护工带走后，病房内仅留下虞寥一人。窗外的光线悠悠地落在洗脸池上，反射出耀眼的光芒。

你甚至连她是怎样的一个人都不知道，你凭什么喜欢她？

原来米昊天指的是这个。

虞寥走到窗前，看着繁华的都市，一个猜测渐渐浮上心头……

一个小时后单月被护工重新送回病房。她无知无觉地任由人们把她抬起，再把她放下。虞寥看着她安静的容颜，心中无限感慨，没想到她竟然有过这么沉痛的过去。

中午的时候，单月的母亲走进病房。因为几天来的担心，她一下子显得老了许多。差不多的时间，米昊天也走进了病房。虞寥朝他瞥去一眼，站了起来。

"米昊天，我有事要问你。"虞寥走到他身边说完，不等他回话就走出了病房。

米昊天看了一眼单月，然后跟着虞寥走到了位于楼层中间的休息室。

虞寥转过身，目光直勾勾地盯着米昊天的眼睛，然后说："我知道了单月曾经流产过。"

"哦。"米昊天淡淡地答道。

"告诉我，是不是你？"虞寥质问道。

米昊天没有回答，转身向病房走去。

"想要救单月，你就得告诉我是不是你？"虞寥对他的背影喊道。

米昊天停下了向前的脚步，转过身走回到虞寥的面前回答说："不是。"

"那是怎么回事？"虞寥暗自松了一口气。

米昊天沉默了许久，然后叹了口气，在一张椅子上坐了下来："那是她初二那年的事情。那个时候她和林璎一样，都算是不良少女。不爱上学，整天就和我们一起无所事事地混来混去。然后有一天林璎来找我，说是感觉她的情绪有些反常，但无论我们怎么问她都不肯说。直到有一次我看见她一个人躲在巷子的角落里呕吐才隐隐感觉到了事情不对。我去药店买了验孕棒，然后交给林璎让她说服单月做测试。测试的结果是她怀孕了，然后我和林璎陪着她在一个周末去了邻镇的医院做了人流手术。"

"那……那个孩子是谁的呢？"

米昊天苦涩地摇了摇头："不知道，连她自己都不知道。一个夜晚，我们聚在一起玩到半夜，然后各自回家。她在路上被人敲了闷棍，然后被强奸了。"

虞寥听得一脸愤怒："那你们知道后有去报警吗？"

"没有，"米昊天说着仰起了头，仿佛看见了那沉重的回忆，"她也好，我和林璎也好，都不想回忆起这段痛苦的记忆，所以我们什么都没有做，唯一期望的就是能把它忘却。这件事情之后单月和林璎不再和原来的人一起混了，回归到了正常中学生的生活中。"

虞寥轻声感叹："没想到她有这样的经历。"

"是不是觉得这些事情和你心目中的那个单月相差甚远呀？"

虞寥没有回答，而是问他："那为什么你要一直躲着单月？你明明知道她是喜欢你的。"

"这个和你无关。"米昊天的声音恢复了往常的冰冷。

虞寥一把用双手抓住他的衣领，把脸凑到离他不足五厘米的距离："我说过，和我有关，因为我喜欢她。"

米昊天皱了皱双眉，把虞寥的双手一只一只掰开，然后整理了下上衣："我知道又怎样？我知道她喜欢我，我也知道我喜欢她，这点我在第一次和她见面的时候就已经知道了，但这又能如何呢?"

"那为什么你要装出不屑的神情,你难道不明白这样是在伤害她吗?"

米昊天笑了起来,然后露出了浓浓的自嘲:"我怎么会不知道。"

"那你还……"

米昊天打断虞寥的话,蹲到虞寥面前说:"但我更知道,我不能给她带来属于她的幸福。我只不过是一个高中辍学的咖啡馆侍应而已,我不能绊住她的翅膀,她的人生和我不在同一个世界中。"

原来……他是这么的悲观……

虞寥望着米昊天,原来他的冷峻是一层保护自己的壳。他是害怕受到伤害,所以才用冷漠的态度把自己层层包裹了起来。然而在那层保护壳之下,则是一颗自卑、敏感且善良的心。

下午四点,母亲来到医院。

八点,虞寥和母亲回到了凤鸣镇。

"我睡沙发。"虞寥把被褥从橱柜中搬了出来,丢在沙发上。

夜色清寒。

虞寥从睡梦中醒来,悄悄给自己倒了一杯威士忌,然后站在窗口一口一口慢慢喝着。继父的身影从大脑的深处缓缓走来,然后又走向了远处。他已经不那么讨厌这个和母亲一起生活的男子了,当然,也还喜欢不起来。

周五的早晨虞寥给母亲烤了面包片煎了鸡蛋，然后背上书包悄悄离开家去学校。

林璎走进教室看见了虞寥，没顾得上放下书包就跑来询问单月的情况。叶茗在自己的位置上坐了下来，用眼角的余光偷偷打量着他们。

下午两点半，裤袋中的手机传来一阵振动。虞寥悄悄掏了出来，屏幕上显示有一条未读短信，是米昊天发来的。

单月已醒。

虞寥兴奋地拍了下桌子，老师和同学都投来不解的目光。他把米昊天信息的内容写在一张纸条上，然后叫身边的同学传给林璎。林璎小心翼翼地把纸条打开，两秒后也狠狠地拍了一下桌子。老师的脸上露出了愤怒的神色，班上传来同学们的一阵笑声。

下课的铃声一响，林璎就冲到单月的位置上坐下，一脸激动地望着虞寥："真的?"

"米昊天发来的短信，想必假不了。"

"太好了。"

虞寥踟蹰了下，但还是开口道："明天早上妈妈会带我去看单月，周日回来，你一起去吗?"

林璎低头思考着，脸色有些为难。

"不去也没关系，我会用短信把即时动态发给你的。"虞寥说道。

"不，我要去。"林璎抬起头，眼神很坚定。

"那我也去。"一个声音从一侧传来，虞寥转头发现叶茗神不知鬼不觉地出现在了一旁。

虞寥狠了狠心，说道："不好意思，我怕你吃了我。"

林璎抬起头看着叶茗，流露出恳求的神色："叶茗，我自己去就可以了，没关系的。"

叶茗看着她，一声不吭，最后勉强地点了点头。

周六早晨九点，虞寥乘着母亲的车来到了林璎家楼下。林璎早已经等在那里，等车停稳后就打开车门钻了进来。

因为知道单月醒来，大家的心情都不错。高速公路两旁的田地中秋草迎风摇曳，收音机里放着不知道什么乐队的摇滚乐，林璎坐在后座随着节奏轻轻扭动着身体。

接近中午的时候三人来到了医院。母亲提议先去吃午饭，但是虞寥和林璎则坚持先去探望单月。

三人乘坐电梯来到第二十层，电梯门一打开，林璎就向外跑去。

"喂喂，你知道哪个病房吗？"虞寥在身后喊道。

林璎像是瞬间石化了一般定在了地上，两颊开始变红。

"2013。"母亲笑着说。

魔法解除，林璎从休息室冲进走廊，嘴上反复念着："2013，2013，2013……"

"算了，我去给你们买午饭好了。"母亲说着按下了电梯向下的按钮，向虞寥耸了耸肩。

"谢谢妈妈。"虞寥微笑着说。

当虞寥走到病房门口时，里面已经传来林璎和单月的笑声了。

"虞寥。"单月看见虞寥走进病房，露出了明亮的笑容。

虞寥走到她面前，一声不吭地在她的脸上仔细搜索着。

"喂，你干吗？"林璎忍不住问道。

"别吵，我在找证据，看是哪个王子吻了你一口。"虞寥一本正经地说。

"走开。"单月红着脸转了过去。

虞寥装出怏怏的表情，拖过凳子坐了下来："被嫌弃了……"

"对了，昊天呢？"林璎问。

"我叫他先去休息了。"

虞寥看着单月脸上漾起的幸福笑容，心中感觉像吃进了一颗青梅。

"医生有说什么时候可以出院吗？"林璎从床头柜上拿过苹果和小刀，开始削苹果。

单月摇了摇头："没说呢……希望能快点。"

虞寥心想应该去找一下继父，问一下单月的病情。于是站了起来说："我出去一下，马上回来。"

问了服务台的护士后，虞寥乘坐电梯来到二十二层，然后敲响了位于走廊尽头的一间办公室。

"进来。"里面传出继父的声音。

虞寥推开办公室的门走了进去，继父仿佛早有准备，把一杯泡好的茶递给了他。虞寥喝了一口，茶叶的味道清香甘洌，是上等的龙井。

"那个……我朋友的病到底怎样？"

"按照我的诊断她的身体中有一种寄生虫，叫作猪肉绦虫。"

"猪……猪肉绦虫？"虞寥听着这个寄生虫的名字都觉得恶心。

继父点点头："一般来说得病的原因是吃了没煮熟的猪肉，然后这种绦虫就会寄生在人的身体里面。但对人体造成伤害的则是它的幼虫，叫作囊尾蚴，你朋友得的就是囊尾蚴病。"

"听起来很恐怖的样子。"虞寥忍不住说。

继父笑了笑："在显微镜下确实看起来挺恐怖的。囊尾蚴会在体内很多地方生存，介于你朋友已经有过癫痫和昏迷的症状，我认为已经有囊尾蚴寄生在她的脑子里了。"

虞寥被吓了一跳："脑……脑子里？那……那怎么办？"

"我已经开了药了。"

虞寥吁了口气："那吃了药就没有事情了？"

"不一定，若是没有再犯病的话就没事了，但即使是已经被杀死的囊尾蚴也有可能继续导致癫痫之类的症状。若是那样的话可能需要手术把虫子取出来了。"

"那她已经知道自己的病情了？"虞寥问。

继父点点头："当然，我已经和她解释过了。"

果然，刚才单月什么都不说是为了不让自己和林璎担心。这样的病即使是听就已经觉得很恐怖了，单月竟然还选择让自己一个人承受，真是个傻丫头。

虞寥回到单月的病房，单月正和林璎一起聊着什么开心的事情，单月的母亲站在一旁，手上拿着一碗热气腾腾的粥。

虞寥心想这正是个机会，于是跟林璎说："我们让单月先吃午饭吧，我妈差不多也该把我们的午饭买来了，我们去休息室吃，不然好菜好饭的会诱惑到她。"

"那一会儿见喽。"林璎说着跟虞寥走出了病房。

来到走廊上，虞寥转过身，一言不发地看着林璎。

"怎……怎么了？不是去休息室吗？"林璎有些疑惑。

虞寥把双手的手掌在裤腿上擦了擦，然后开口道："林璎，我知道我们之间发生了一些不愉快，但是我现在要问你一个问题，就一个问题，请你一定回答我，好吗？"

林璎从他的口气知道他是在很认真地和自己谈话，于是说："什么事情？"

"上周的周六，你是不是去看了电影？"

"你怎么知道？"林璎反问。

"动画片？"

"是呀。难道你跟踪我？"林璎的声音中掺了一丝愤怒。

虞寥摇摇头："是谁约你去看电影的？"

"这和你有什么关系？"林璎说着转过了头想要走回病房。

"是谁约你去看电影的？"虞寥提高了声音，语气变得十分强硬，仿佛如同地狱的审判官。

林璎感到内心一阵惊栗，她从没有听过虞寥这样的声音。她重新转过身来，发现虞寥的眼睛如同深不见底的冰潭。

她轻声回答："叶茗。"

叶茗?！竟然是叶茗。虞寥听到她的答案，心中有一万个不相信。

就在这时，单月的病房中传出一阵惊恐的叫声。虞寥和林璎对望了一眼，立马跑了进去。

"妈妈……妈妈……看不见……我……我看不见了。"单月把双手伸在眼前拼命挥舞着。

第十章

"单月，不要惊慌。"虞寥跑到她的床前，按响了叫护士的铃然后伸手在她的眼前晃了晃。单月睁大的眼睛直直地看着前方，完全没有顺着他晃动的手而转动眼珠。

"妈妈……妈妈……"单月无力地叫着，声音中带着绝望。

单月的母亲握着她的手，整个人忍不住地颤抖着。

"不要怕，医生马上就来。"虞寥尽量让自己的声音显得镇定。

林璎从震惊中回过了神来，跑出病房去催护士。虞寥看见单月喝的那碗粥全部洒在了被子上，于是立马把被子掀开，怕烫伤了她。

"怎么了？"护士跑了进来。

"病人突然什么都看不见了，快叫主治医生。"虞寥回答。

护士转身跑了出去，走廊上响起急促的脚步声。两三分钟后继父快步走进病房，身后跟着三个医生和两个护士。

"其他人全部出去，"他命令道，"虞寥，包括你!"

虞寥、林璎和单月母亲走了出去，病房门随即被砰的一声关上。一会儿，两个护工推着移动病床走了进去，把单月架了上去后急匆匆地走了。

"你女儿马上需要做两项检查。"继父走了出来，跟单月母亲做了简单的交代，随后带着身后的医生跟了上去。

单月的母亲似乎被这样的现实吓到了，扶着墙一副不知所措的样子，泪水开始在眼眶里打转。

林璎握住她的手，安慰说："阿姨，没关系的，虞寥的父亲是个很厉害的医生，一定会治好月月的病。"

父亲……虞寥知道是林璎不小心说错了，但他的内心依旧被刺痛了一下。

单月母亲眼眶里的泪水终于留了下来，用双手把林璎抱在了怀里："月月的爸爸就是这么被推出去的，然后就……"

虞寥不忍看到这样的场面，开口道："阿姨，不要怕，请相信我继父。"

她听见虞寥这样说，缓缓抬起了头，强忍住了呜咽，用袖子擦了擦眼角说："谢谢你们。"

两个小时过去了，单月依旧没有返回病房。母亲带来的午饭没人有心思吃。虞寥去了一趟继父的办公室，并没有人。下午三点多的时候米昊天来到病房，林璎把发生的事情告诉了他。

时间缓缓流过，夕阳的余晖消失在了地平线的尽头。

三人在休息室中坐着，神情如同下雨天的流浪狗。

六点钟的时候，继父从电梯里走了出来，把单月的母亲叫到一旁说了几句，然后两个人乘着电梯离开了。二十分钟后继父又从电梯中走出，招呼着虞寥。

"单月已经进了手术室。"继父直截了当地说。

"什么手术？"听见单月要做手术，虞寥的心简直要碎了。

"把那些东西从她的脑子里拿出来。"说完继父做了个用镊子钳东西的手势。

"那就是说要把脑袋打开？"

继父点了点头："我们给她的眼睛做了检查，值得庆幸的是，导致她失明的原因并非是囊尾蚴寄生在了眼睛之中，而是大脑中的家伙所造成的。"

虞寥搞不懂这些专业的病因，于是问："这有什么区别？"

继父耐心地解释道："若是那虫子在眼睛里，那么你的朋友可能就会永久失明，现在只要把虫子从她的大脑中取出，那么她的视觉就应该会逐渐恢复到原来的水平。而且只要把大脑中的虫子取出，她以后也不会再癫痫发作和昏迷了。"

虞寥点了点头，但是依旧担心不已："那……这手术危险吗？"

"我们已经在检测中发现了那个小恶魔的具体位置，主刀的医生是一个难得让我佩服的家伙，加上手术本身的难度也算不上高，你就别担心了，我们能还给你一个健健康康的女朋友。"

听到继父这么说，虞寥终于松了口气，然后解释说："她不是我的女朋友，她喜欢那个人。"说着他用手指了指坐在休息室中一脸紧张的米昊天。

继父抿着下嘴唇远远打量了下米昊天，脸上露出有些尴尬的神色，用模棱两可的口气说："这个……或许你要加把劲才行，难度不小。"

虞寥听到从继父的口中说出这样的实话，只好无奈地笑了笑。他走回到休息室，把单月的情况跟米昊天和林璎做了说明，然后三人一起乘坐电梯来到手术室门口静静等候。

三个小时过后，"手术中"的指示灯熄灭，单月被推了出来，手术成功。

周日早晨虞寥和林璎再来医院时，单月已经从麻醉中醒了过来。她头上缠着绷带，双眼空洞洞地望着正前方，但脸上恢复了往日的笑容。

米昊天坐在一边，冷冷地注视着空气中的一点。看来自从单月醒来后，他又重新控制了自己的情感。

"让我猜猜，"单月把脸朝向病房的房门，"是虞寥和小璎。"

"好厉害。"林璎小跑到她的床边，蹲下身来在她的脸上亲了一口。

"没看出来嘛，原来你还能掐会算。"虞寥走到床边，用手在她的眼前轻轻移动，她的眼珠依旧怔怔地望着前方。

"那快给我算算以后会娶一个什么样的妻子？"

"你嘛，"单月配合地用手胡乱掐指，然后说，"哇，以后的妻子可是相当漂亮哦，并且还很温柔。"

"这话说得真让人舒坦。"虞寥哈哈笑着拖过凳子坐了下来，拿起桌上的一个苹果咔嚓咔嚓啃了起来。

今天的天气格外的好，阳光折射进病房，正好落在单月的身上，一种柔和的光晕包裹着她，让她看起来犹如一个天使。

虞寥看着不时和单月谈笑着的林璎，想起了昨天她在走廊上说的话，于是站起身拍了拍米昊天的肩膀，然后走出了病房。

"今天的脸又变成门神了嘛。"虞寥转过身对尾随而出的米昊天调侃道。

米昊天的脸上没有起任何表情，转身打算走回病房。

"我知道那个人是谁了。"

"谁？"米昊天重新转身回来。

"叶茗。"虞寥说。

米昊天皱了皱眉头，显然这个答案有些出乎他的意料："她现在的那个男朋友？"

虞寥点点头："虽然我也不愿相信，但是那天约她去看电影的就是叶茗。"

米昊天陷入了思索，然后问虞寥："你打算怎么办？"

"我会去找他问个清楚。"虞寥平静地说，他在昨晚就已经打定了这个主意。

"好，在完全弄清楚之前先不要告诉林璎。"

"明白了。"

中午过后，虞寥和林璎向单月告别，两人乘坐母亲的车返回了风鸣镇。

虞寥回到家中，开始准备晚餐，当一个人坐在饭桌前吃饭时，他第一次感觉到了家中的冷清。从窗外透入的夕阳把地砖染成了深红色，菜肴的热气袅袅上升到空中画出奇异的图案。

周一来临，虞寥一早来到自己的位置上坐下，从书包中掏出纸笔，然后伏在桌上写道：喂，快点回来。写完后他把纸重复对折了两次，丢入单月的抽屉。虽然他知道这样的祈祷根本与单月的病情无关，但他还是下定决心每天早上给她一份祝愿。

林璎和叶茗在上课前的最后一刻迈入了教室。虞寥用挡在书本后的眼睛偷偷看着叶茗，他今天穿着一件紫色的长袖T恤，下身则是深色的牛仔裤，周末的时候似乎去理了发，整个人显得清清爽爽，如青松一般的男生。

虞寥不相信设下这么多圈套的人竟然会是叶茗，因为在认识他的第一天起虞寥就知道了他有多么喜欢林璎。既然他深深喜欢着林璎，又怎么可能叫人去打伤她，况且那次事件他自己甚至折断了一根手指。

上午的课程缓缓持续着，教室中的空气因为太阳的升起而渐渐变得明亮起来。

午休的铃声终于响起，班上的同学冲出教室，奔向食堂。

虞寥快步走到叶茗面前，挡住了他正要朝林璎走去的脚步："叶茗，我有话想要和你说，你看能不能……"

"我要和小璎去食堂吃饭。"叶茗低垂着眼睑打断虞寥的话。

林璎从后面走了上来，站在一旁露出疑惑的神情。

"林璎，能不能借你家叶茗一个中午给我，今天麻烦你自己去食堂吃饭，好吗？"虞寥转过头看着林璎，眼神像是在说"拜托了"。

林璎在两人身上来回看了几眼，然后说："你们两个不准给我闹出什么事情来。"

虞寥做出对天发誓的手势，然后微微上翻着眼珠说："我保证和叶茗同学好好谈话。"把手势放下后他又补充道："其实不过是想问几个问题罢了，男人之间的小秘密。"

林璎露出拿他没办法的表情，然后勾上了班上一个女生的脖子一起走出了教室。

虞寥看着她消失在视野中，然后才对叶茗开口道："我们去自行车库那谈吧。"

叶茗没有答话，和虞寥并肩走下了楼梯。两人来到位于教学楼地下一层的自行车库，视线顿时变得昏暗起来。

虞寥停下脚步，转过身看着叶茗："叶茗，你恨我吗？"

"恨。"

虞寥没有想到他连考虑都没考虑就脱口而出。

"为什么？"

"因为林璎喜欢你。"叶茗淡淡地回答。

这个答案也出乎虞寥的意料，他想了想说："难道不是因为我在暑假的时候无端伤害到了她？"

"不是，我恨你的原因是林璎喜欢你。"叶茗纠正道。

"为什么？那又不是我的问题。"

叶茗用像是打量奇怪生物的眼神看着虞寥："这不是显而易见的事情吗？因为林璎喜欢你，所以让她喜欢上我的难度就更大了，所以我恨你。"

"这没有道理！"虞寥对这样的解释感到了愤怒。

"不，"叶茗冷冷说道，"这很有道理，你的出现让我更难取得胜利，难道我还不该讨厌你吗？"

虞寥语塞，一种僵持的气氛在空气中开始蔓延。

"既然没有事情的话，那我就去吃饭了，肚子饿了。"叶茗说着朝出口处迈步前进。

"等等，"虞寥把他叫住，最主要的事情还没有得到答案，"上上周的周六，你是不是约林璎一起去看电影了？"

"是。"叶茗停下了脚步，但却没有转身。

真的是他！

"为什么？"

"约会。"叶茗转过了身，脸上露出了饶有兴致的表情。

虞寥尽量控制着自己的情绪，不让它爆发："约会是你们两个人的事情，为什么要我和绿依也在场呢？"

"因为我不想让林璎重新喜欢上你，她若是看见你和绿依在一起，就会对你死心。"解释完后叶茗的脸上露出了像是得意的笑容。

"那也就是说一切都是你布下的局喽？"虞寥把拳头捏得紧紧的。

"是的，所有的一切都是我策划的。"

"你为什么要这么做？"虞寥感觉自己已经怒不可遏了。

叶茗又一次打量着虞寥，然后有些不耐烦地说："当然是为了得到林璎呀。我如此煞费苦心一步一步把计划算好，为的就是让林璎不再喜欢你，然后投入我的怀抱。"

虞寥发现眼前站着的这个叶茗和自己印象中的他有着天壤之别："那也就是说你因为喜欢她，想要得到她，所以叫人来把她打伤？"

"是的，"叶茗的语气中有着出乎意料的坦诚，"正因为我喜欢她，所以我才叫人来伤害了她。只有这样，她才会知道我对她的感情究竟有多深。"说到这里他叹了口气："虽然一手都是我策划的，但是一看到她受到伤害，我依旧会感觉到如刀割般的心疼。原本我只打算远远地观望着，但是那种感情冲破了理性的思考，所以我才螳臂当车般地前去救她。事后想想自己也够傻的。"

"你简直就是个混蛋！"虞寥向他咆哮道。

"混蛋？"叶茗的脸变得有些曲扭，"我不过是为了得到爱情而已。像你这样轻而易举走进别人的心中，让别人在乎你后又从她的生活中走出，难道你这种家伙不是混蛋？"

"至少我不会利用别人来达到自己的目的。"

叶茗冷冷地笑了一声："利用？我可没有利用。若是第一次你没有带着林璎逃脱，那么铁哥虽然会遭到老大的责难，但却能在其他人心目中树立起威望。至于和绿依之间，我们只不过是各取所需罢了。"

虞寥再也按捺不住心中的怒火，向叶茗的脸上狠狠地挥去了一拳。叶茗应声倒地，嘴角流出了殷红的鲜血。一声尖叫从身后传来，虞寥看见林璎快步跑到叶茗面前，张开双臂挡住了他。

叶茗挣扎着从地上站了起来，然后用手轻轻推开挡在身前的林璎，用手背擦了擦嘴角的血："唯独在这个方面，我实在拿你没有办法，这不是靠动动脑子就可以敌过你的。"

虞寥没有理会叶茗，而是怔怔地望着林璎。她怎么会在这里？难道她一直在偷听自己和叶茗之间的谈话？

"林璎……"

林璎痛苦地摇着头："我现在脑子很乱……很乱……但是你们不要打……我不希望看见你们打架。"

虞寥看了看自己的拳头，然后松了开来："对不起……"

回到教室，虞寥陷入了深深的不安中。他没想到事情竟然会朝这样的方向发展，他原本打算并不让林璎知道，即使整个事件的罪魁祸首是叶茗。他不愿让她再受到伤害，然而事实是他又一次把刀子狠狠地刺入了她的心中。

虞寥不知道林璎会怎么做，她会原谅自己吗？她会原谅叶茗吗？

一个下午的时间，他在魂不守舍中度过。同样神情呆滞的还有林璎，虞寥和叶茗之间的谈话对她而言简直就是一个晴天霹雳。事实的真相让她陷入了迷茫之中，原来这几个月发生的事情背后竟然是叶茗的阴谋。

晚上十点，夜色笼罩着世界。

虞寥没有开灯，一个人静静地坐在沙发上。

家具和电器在黑暗中如鬼魅一般。

敲门声传来的一刹那他还以为是幻觉，然而敲门声没有停止的意思。他从沙发上站起，把门打开，站在门外的人是米昊天。

米昊天见屋内一片漆黑，于是问道："睡了？"

虞寥伸手把客厅的灯打开，然后回到了沙发上坐下。米昊天见他失神的模样，心中已猜到了大半。虞寥在沉默片刻后，把今天和叶茗之间发生的事情如实地告诉了米昊天。

"既然事已至此，那就顺其自然吧，"米昊天说，"你没有做错什么，你也是其中的受害者。况且让林璎知道事实的真相也并没坏处，接下来就由她选择吧。"

听米昊天如此说，虞寥的内心多少好过了一些，他站了起来，走进厨房烧水冲了咖啡。咖啡的香味在空中飘散开来，虞寥这才意识到自己还未曾吃过晚饭。

"你今天怎么回来了？单月怎么样？"虞寥把咖啡递给米昊天，给自己找来了一包薯片。

"按照医生的话说身体正在有序地恢复中。"

"眼睛呢？"

米昊天摇摇头："说是需要一个过程才能慢慢恢复，好像说是视神经什么的，我也听不懂。"

虞寥笑了下，心想一定是继父给做的专业解释。

"谢谢你，"米昊天显得有些拘束，"谢谢你救了单月。"

"得了，你还是别说谢谢了，感觉脊椎骨上被放了冰块似的。"虞寥说着打了个寒战。

米昊天破天荒地笑了一下，然后说："单月……就拜托你了。"

"什……什么意思？"虞寥觉得他说这话的意思有些奇怪。

"我已经辞去了咖啡馆的工作，打算去一个别的城市发展……和绿依一起，如今单月的身体开始渐渐康复，我差不多也该启程了。"说完后米昊天喝了一口咖啡，脸上有种如释重负的感觉。

"和……和绿依？"虞寥怀疑自己是不是听错了。

"是。"

"你不是不喜欢她吗？"

米昊天长长地吐出一口气，长得仿佛能绕地球整整一周："有些事情可以通过努力慢慢改变。所以希望你也能好好地爱单月。"

虞寥看着他，眼底渗入一抹嘲笑："这算什么？施舍的爱情？"

"那又怎样？"米昊天反问道，"只要那是属于你的爱情，为什么要在乎怎么得到？难道因为得到的方式不同，你就会把这份爱情分成不同的等级吗？荒唐！"

虞寥一脸惊异地望着眼前这个曾经令自己讨厌万分的人，然而在这一时刻，他的话却深深地触动了自己。

只要是属于自己的爱情，为什么要在乎怎么得到的？

或许这就是为什么叶茗会做出这样的事情，或许，这才是爱情的真谛。

接下来一周的时间里，林璎一个人独来独往地生活。她不理睬虞寥，也不理会叶茗，甚至一整天不和任何人说一句话。

虞寥发现自己又陷入了孤独之中，但这次的孤独没有把他拖入泥沼之中，因为他的心中牵挂着单月。他每天早晨来到学校写好祝语，然后放入单月的抽屉之中。放学时会把那句话默默地念上一遍，然后才起身离开教室。

周五的晚上虞寥给母亲打去电话，母亲答应他周六一早来风鸣镇接他去探望单月。挂了电话后，他站在窗前看着窗外的夜。

月色如水，清冷的月光落在身上有着一种说不出的舒服。

他把目光从月亮上收回，放在了那盏孤独的路灯上。

一个人影站在路灯下，一动不动地站着。

一定是米昊天。虞寥回到卧室重新穿上袜子，开门走下楼去。他快步走向路灯下的那个身影，在离那人不到十米的时候，他认出了来者并不是米昊天，而是林璎。

虞寥走上前去，站在了林璎的面前，他知道她此时出现在这里一定是有话要对自己说，于是默默地看着她。

"对不起，"沉默持续了将近十分钟，林璎终于开口道，"我一直以来错怪了你。"

"这并不是你的错。"虞寥温柔地说道。

"有时候人并没有错，却做了错事，但有时候人错了，却做了该做的事。"不知是不是因为在这灯光下的原因，虞寥觉得今天的林璎成熟了许多。

"若是来请求我原谅的话，大可不必，因为我根本就没怪罪过你。"

"虞寥……你真温柔，为什么你不能喜欢上我？"林璎抬起头看着他，脸上的表情告诉虞寥这只不过是一个平静的提问。

"因为我心中有了喜欢的人，"虞寥认真地回答，"我喜欢单月。"

林璎的脸上没有惊讶，她只是轻轻闭上了眼睛，然后又轻轻睁开："其实我早就感觉到了，只不过自己不愿承认罢了。"

"对不起……"

林璎摇了摇头："你也没有错呀。"

"那……你原谅叶茗了吗？"

　　林璎抬起手摸了下自己的鼻尖，显得有些不好意思："叶茗做了这样的事情，我怎么能原谅他呢？但是……但是心底在不知不觉中却释怀了。我也不知道为什么，或许因为这世上再也没有一个人能像他这样的爱我了吧。他之所以这样做，是因为我并没有真正知道他对我的爱，说到底，真正的罪人应该是我才对。"

　　虞寥伸出手指，在她的鼻梁上刮了一下："明天去看单月，一起去怎么样？"

　　"嗯！"林璎重重地点了下头。

　　叶茗曾经说这是一场战争，他用尽了手段，终于获得了胜利。他是一个极其聪明的人，或许连最后的摊牌也是他计划中的一步。他终于把林璎留在了自己身边。他说自己和绿依是各取所需，这看起来也不假。绿依也如愿以偿地和米昊天一起在另一个城市中开始了新的生活。

　　在这场战争中唯一的败者似乎就是虞寥。

　　或许，这场战争中根本就没有失败者。

　　两周后的周六，日历已经进入了十一月。

　　悬铃木和银杏的叶子已经开始纷纷变黄，只要有风吹来，就有树叶从枝头迎风舞落。

　　母亲的汽车停在了单月家的门口，虞寥和林璎早已站在楼下等候。

　　单月由她母亲搀扶着从车的后座走了出来，她穿着一件白色的圆领毛衣，戴着一顶浅粉色的线帽，下身则穿着她最喜欢的淡蓝色牛仔裤。

"欢迎回家。"林璎冲了上去，一把搂住单月，在她的两侧脸颊各吻了一口。

单月的母亲站在一旁，脸上带着幸福的笑容。

"阿姨，能不能把你的女儿借我一天？天黑之前保准把她平平安安地送还回来。"

单月的母亲露出了疑惑，但眼前的这个男生算得上是单月的救命恩人，所以她连细节都没有问就答应道："没问题。"

虞寥走到单月面前一把抓起她的手，然后跟林璎做了个鬼脸："不好意思，你的月月今天跟我混了，拜拜。"

"虞寥，你要带我去哪？"单月因为害怕跌倒，反抓住虞寥的手，把身体紧紧地靠在他的手臂上。

虞寥附在她的耳边，轻声说："带你去旅行。"

单月给了一个灿烂的笑容，然后轻轻改变了手的姿势，挽住了虞寥的胳膊："这个……是不是叫作十一月的旅行？"

"十一月的旅行，多俗呀，这可是我精心给你安排的十三月的旅行。"

"哪来的十三月嘛？"单月的语气分明是嫌虞寥在狡辩。

虞寥解释道："这可是专门为你而设的一个月哦。在十三月中你什么都不用担心，所要做的就是跟着一个叫虞寥的人一起去旅行。十三月里没有写不完的作业，也没有烦人的大扫除，没有湿答答的雨天，总之是个不错的月份。"

"明显就是胡扯嘛。"话虽如此，但单月明显对这个解释很喜欢。

"第一站需要步行大约十分钟，若是感觉累的话要告诉我哦。"

虞寥和单月在街上缓缓前行，十分钟来到了学校的大门口。他带着单月绕过了传达室里值班的保安，在教学楼里拾阶而上来到曾经高二时的班级门口。

"捂住耳朵哦。"虞寥提醒单月，然后用拳头猛砸一块窗上的玻璃。玻璃哗啦啦地落在了地上。

"等我下……"虞寥伸手探入碎了的玻璃窗，从内侧把窗户打开，然后翻进教室，打开了教室的门。

"好啦，十三月的旅行第一个景点：遇见你的教室。"虞寥扶着单月走进教室，在其中一张课桌前坐了下来。

"这是我转学来时所处的教室，当时老师把我安排坐在一个叫作单月的女生旁边，并且那人竟然还是班长。中午我去领书，满脑子都在想怎么和那个女生搞好关系，于是一不小心被蛇咬到，送进了医院。"

单月听得咯咯直笑："那天班上的人可都在谈论你哦，说什么转校生被蛇咬死了。"

"被……被蛇咬死了？是哪个混蛋说的？"虞寥不由纳闷，第一天转学来竟然会有人说这样的话。

"我想你应该猜得到。"单月意味深长地说。

"林璎！只有她干得出这种事情！哼，等我下次找她算账！"虞寥站起，在桌子上捶了一拳，然后温柔地说："要再休息会儿吗？下一个景点可能会远一些。"

"我没事，走吧。"

虞寥带着单月偷偷地溜出了学校，朝自己家的方向走去。大约走了二十分钟，两人终于来到了虞寥家的楼下。

"好啦，第二个景点：想念你的家。"两人沿着楼梯走到家门前，虞寥打开后两人走了进去。

"这是我的家，一般情况下都只有我一个人在这里生活。生日的那天，班长带着两个家伙闯进了这里，扰了我的懒觉，并且还让我整张脸都埋进了蛋糕之中。"

"喂喂，别那么记仇好不好。"单月似乎对这样的景点讲解有些不满。

"为了复仇，我已经准备好了食材，给你做一顿复仇之宴。你先乖乖地坐着，我去做午饭了。"虞寥让单月在沙发上坐下，然后一个人钻进了厨房中。

半个小时后虞寥把菜一盘盘端到了饭桌上，然后扶着单月坐在了桌前。

"哇，好香呀。"单月坐下，用鼻子嗅了嗅说道。

"来，尝尝这个。"虞寥用筷子夹了菜送到单月的嘴边。

"培根四季豆卷！"单月咀嚼了几下不等咽下就说。

"BINGO，下一个呢？"虞寥换了一样菜。

"这个是……鸡肉吧，但没有吃过这种酱的味道。"

"是柠檬鸡啦，"虞寥解释说，"好啦，还有最后一个汤。"说着他用勺子舀了一勺汤，吹凉后递到单月的嘴边。

"这汤好香呀，我猜猜，有西红柿、牛奶、黑胡椒，对吧?"

"哇，你的嘴好厉害呀，连调料都能猜到，还有蘑菇片。怎么样? 我的手艺还过得去吧?"

单月嫣然一笑："小璎可是在我面前夸了好多次呢，说凭你这烧菜的手艺就想把你娶回家。"

又是娶回家……虞寥顿时感到无语。

"饱了饱了，实在是太满足了。"单月用手轻轻揉着肚子满足地说。

"那……我们继续上路吧。"说着虞寥拎了个袋子，打开家门和单月走了出去。

两人漫步在秋日午后的街头，挨得那么近，彼此都可以听见从对方胸腔中传出的呼吸。偶尔会有行人对他们默默侧目，仿佛这一对人走过的路上都开出了鲜花。

一片银杏叶从枝头飘落，粘在了单月的帽子上。虞寥伸手把它放在手心中，小小的黄色扇形躺在掌心中显得十分可爱。他不忍就这样丢弃，小心揣进了外套里层的口袋中。

走了许久，虞寥发现单月渐渐开始沉默。

"怎么了? 走累了吗?"

单月摇摇头："我知道下一个景点是哪里了。"

"哦?"虞寥不信。

"我能感觉到,因为爸爸就在那里嘛。"

虞寥不再开口,两人默默迈步走进了墓园。来到单月父亲的墓前,虞寥打开袋子把一支粉色的郁金香和一支百合递到了单月的手中。

单月松开了抓着虞寥的手,默默地在父亲墓前蹲了下来,把花轻轻地放在墓碑前。

"爸爸……我来看你了。今天的天气很好哦,虽然暂时我不能看见东西,但是已经学会了用心去感受这个世界。今天有一个笨笨的朋友带我去旅行呢,他竟然为了走进教室打破了玻璃窗。他会做很好吃的菜,就像你曾经给我做的一样好吃。我的病已经好了,一定是因为你在天上给我默默祈祷的缘故。不要担心,我会坚强起来的,一定会照顾好妈妈……"

单月说话的声音很轻,但是虞寥还是把每一个字都听到了心中。他的心开始疼痛起来,望着她,虞寥有种想要永远保护她的欲望。

单月说完站了起来,眼眶中盈着欢喜的泪水。

"好啦,那最后我们还要去一个地方。"虞寥拉起她的手,紧扣住她的五指。

"大海。"单月抢答似的说。

"喂,能不能保持一种神秘感呀。"虞寥不满道。

单月调皮地吐了吐舌头。两人在墓园的门口坐上了开往海边的公交车。风从开着的车窗中吹入，有些凉飕飕的。虞寥把身子探向前，想要把车窗关好。

"虞寥，开着嘛，吹在脸上好舒服。"单月伸出手拉住了他的衣服，让他坐到了座位上。

二十多分钟后，公交车缓缓停在了海边。虞寥扶着单月走了下去，然后转身向公交车司机道了声"谢谢"。

秋天的海看起来多了一份深邃，几片薄云在天际缓缓地游移着。阳光洒落下来，在海平面上泛出了点点的金色光辉。

"旅行的最后一站：向你表白的海边。"虞寥的脸上有些羞赧，还好单月现在看不到。

两人十指相扣漫步在防波堤上，海浪的声音听起来犹如恋人的低语。

"谢谢你，虞寥。每次的悲伤和痛苦都让你来陪我一起承担。"单月停下了脚步，转过身面对着他。

"说什么傻话呢！"虞寥说着用手在她的脸颊上拧了一下。

"是不是又要说这是科里瓦拉条约中规定的？"

"什么？科……科里瓦拉条约？"虞寥有些疑惑。

"对呀，第一次我们来海边的时候你说的嘛，科里瓦拉条约规定了同桌的义务。"

虞寥想了起来，然后忍不住笑出了声："亏你还能记得，那是我胡编的呀。哪有什么这种奇怪的条约。"

单月听后涨红了脸，小声地嗫嚅道："我好不容易才把这个奇怪的名字记住的……"

海风拂来，带着些微的凉意。

虞寥把外套脱了下来，披在单月的肩上，然后两人在防波堤上坐了下来。

"给，啤酒。"虞寥从袋子中掏出一个易拉罐，递给了单月。

"哇，想得好周到哦。"单月露出了开心的笑容。

"怎么样？十三月的旅行。"

"太美妙了。"说着单月打开了易拉罐，然后咕噜咕噜喝了两口。

"咦？怎么是果汁？"

虞寥在一旁偷偷笑着说："病都还没好呢，还想喝啤酒，想得美。"说完自己从袋子中掏出了一罐啤酒打开美美地喝了起来。

他在防波堤上躺下，从裤袋中掏出手机。小小的水晶月亮在太阳下把光切割成了柔和的碎片，印在了单月的后背上。

原来幸福就是两个人一起望着大海。

原来幸福就是彼此都能在对方的心中。